死んでいない者

仍然活着的人

[日]泷口悠生　著
林少华　译

中国出版集团
中国民主法制出版社
全国百佳图书出版单位

图书在版编目（CIP）数据

仍然活着的人 .（日）泷口悠生著；林少华译 . —北京：
中国民主法制出版社，2019.6
ISBN 978-7-5162-1988-1

Ⅰ . ①仍… Ⅱ . ①泷… ②林… Ⅲ . ①长篇小说—日本—现代
Ⅳ . ① I313.45
中国版本图书馆 CIP 数据核字（2019）第 048878 号

图书出品人： 刘海涛
图 书 策 划： 谭 军
文 案 统 筹： 高文鹏 崔 一
责 任 编 辑： 翟琰萍 王 宜

书 名 / 仍然活着的人
作 者 /［日］泷口悠生 著 林少华 译

出 版 · 发 行 / 中国民主法制出版社
地 址 / 北京市丰台区右安门外玉林里 7 号（100069）
电 话 / 010-63055259（总编室） 010-63057714（营销中心）
传 真 / 010-63055259
http: //www.npcpub.com
E-mail: mzfz@ npcpub.com
经 销 / 新华书店
开 本 / 32 开 787mm × 1092mm
印 张 / 5 **字数** / 65 千字
版 本 / 2019 年 6 月第 1 版 2019 年 6 月第 1 次印刷
印 刷 / 北京天宇万达印刷有限公司

书 号 / ISBN 978-7-5162-1988-1
定 价 / 39.00 元

译序：别具一格的日本文坛“80后”

一位八十五岁的老人去世了。仍然活着的人——他的儿子、孙子、曾孙，及其从小就要好的朋友一共三十多人聚在一起为他守灵。按理，守灵是守灵之夜的主题，所有活动、话题都应围绕已故之人展开。哀悼，追思，怀念，悲痛，泪水。但读者将很快发现，书中几乎没有这样的气氛和场景。有的泡温泉去了，而且是男女老少一家三代；有的不停地喝酒，醉得东倒西歪；有的一个劲儿吸烟闲聊，居然把烟灰磕在祭坛上的香炉里；还有的唱起不知是美空云雀还是邓丽君的歌：“求你把我留在你的身边，现在我只能爱你一个。”

何以如此呢？我想是不是有以下三个原因。一是，去世的老人已经八十五岁了，高龄，天寿，大体属于自然死亡，后代对此已有相应的心理准备。类似我国所说的红白喜事中的“白喜”。二是同日本人的生死观有关。日本人深受佛教“无常观”，尤其禅宗信仰的影响，较之阴阳两隔，更倾向于认同“生死一如”。说简单些，死了，即去了“那边”，去“那边”以另一种形式活着。所以，作为书名的“仍然活着的人”，既可以指前来守夜的实实在在活着的人，又可以指已经去世的故人。这点甚至可以从村上春树《挪威的森林》中那句名言得到印证：“死并非生的对立面，而作为生的一部分永存。”实际上我们也很难在电视新闻等报道中看到日本人面对在地震等自然灾害中死去的亲人嚎啕大哭痛不欲生的镜头。原因之三，恐怕也和作者的创作手法不无关联。无论如何，一个人的死、亲人的死也是一件大事，守灵之夜也具有切切实实的非日常性，然而作者用大量篇幅淡淡叙述例如泡澡这类日常性，从中不难看出作者的用意——通过非日常性同日常性的对比来进一步弱化死的沉重，消解死与生的界线，暗示“仍然活着的人”（死んでいな者）的双关指涉，表现别样的人生况味。

不过另一方面，作为中国读者，也可以从这种日常性中更多地看取日本人的日常生活场景，思考他们非日常生活中的日常性和日常生活中的非日常性。

又如出场人物。去世的老人有五个子女,孙辈(包括外孙)有十人，另有曾孙若干。无须说，子女和故人关系最为亲近也最了解老人，但五个子女几乎都没提起去世的父亲，出场镜头也很有限。相比之下，出场最多的却是未参加守夜即不在场的孙子宽和外孙美之。在亲戚们眼里和口中，宽是这个家族最差的一个:上学不认真学习，婚后不正经工作，酗酒，酒后打老婆孩子，到处借钱而且有借无还，还乱搞女人，最后竟至扔下两个读小学的孩子不知去向,“蒸发”了。“蒸发”五年多了。亲戚们提起他无不以手掩口窃窃私语。然而在两个孩子眼里，宽则是个相当好的父亲，和蔼可亲，半夜想他都想哭了。于是疑问出现了:宽到底是怎样一个人?小说没有提供答案。

外孙美之，从初一开始就几乎不上学了,“宅”在家里，显然是个问题学生——亲戚们无不这样认为。但实际上美之即使不上学期间也积极和同学们交往，后来主动提出要上高中并且从不旷课。毕业后虽然住在外祖父家而没有升学或做工，但并非完全无所事事游手好闲，而在悄悄录制“音源”传到网上，拥有可观的点击量。对于父母固然时常避而不见，而和比自己小十岁的妹妹却无所不谈。至于美之到底是怎样一个人，小说同样没有给予确定的交待。但有一点应该说是确定的：宽和美之这两个非日常性人物也有日常性。可惜这种日常性被亲戚们一齐粘贴的非日常性标签屏蔽了。进而言之，每一个人都有不为外界不为他人所理解甚至拒绝理解的精神疆域、心灵腹地。哪怕共有同一血缘、共有守灵之夜这同一时空，每一个人也还是拥有别人只能雾里看花的个异性——这种共有性和个异性的对比以及由此生成的微妙复杂的“中间地带”，不妨说是这部小说的特色所在或成功之处，也是容易引起读者共鸣的地方。

与此同时，这部小说的缺憾也是显而易见的。那就是，以小说传统章法观之，作品视角太多，镜头切换太快，出场人物太杂，因而缺乏一气呵成的整体感，缺乏引人入胜的跌宕起伏，缺乏环环相因的常规性艺术逻辑。文体也似乎游移于小说和随笔、小品文之间。在这点上，未尝不可以说是对小说传统写法的挑战。

本雅明尝言:“但凡伟大的文学作品，不是创立了一种风格，就是消解了一种风格。换言之，都是别具一格之作。”就这部小说而言，伟大诚然谈不上，但别具一格则不妨加以断言。恐怕惟其如此，才被授予旨在鼓励文学创新的“芥川奖”。

对于中国读者来说，阅读中可能有一个特殊难度:小说的人物关系及其言行,有不少是建立在日本人之间、日本社会这个共同体的共识和“以心传心”的默契基础之上的。初读之下,感觉相当暧昧、突兀甚至支离破碎,很难马上厘清和辨识。而另一方面，有难度也可能意味着有价值，意味着尤其值得一读。

作者泷口悠生是日本文坛“80后”新秀。一九八二年生于东京,在埼玉县长大。作品曾获“新潮新人奖”“野间宏文艺新人奖”，亦曾入围“三岛由纪夫奖”。这部《仍然活着的人》于二〇一五年获得日本最负盛名的纯文学奖“芥川龙之介奖”。

说来也巧，我从二〇〇二年十月开始在埼玉县一个叫“川越”的地方住了一年。书中出现的东武东上线，即是我常坐的铁路电车。往自动售票机里投入五百日元硬币，从川越站坐到东京池袋站，再转车去东京大学作为特别研究员（Fellowship）做一点学术研究。执笔翻译当中，往返沿途风光倏然萦回脑际：春日樱花蓬蓬勃勃，夏天草木郁郁葱葱，秋来红叶斑斑点点，冬季白雪皑皑莹莹。以及电车厢里把我吓一跳的头发染成绿色的日本女郎……常言道光阴似箭日月如梭，尔来十五年矣！十五年间，作者泷口悠生悠然成长为连续获奖的作家。我呢，译也好写也罢，倒是涂抹了一摞东西，可惜什么奖也没捞着，徒然由中年走向老年。每当独对夕阳老树，未尝不别有心会，唏嘘有顷。

自不待言，“埼玉”因素并非我翻译这位埼玉作家的缘由。缘由在别处。但不管怎样，我都要感谢那个缘由——我因之打破了不译“80后”日本作家的保守。但愿这本书、但愿我转换的文字不至于让读者过于失望。是的，期望，还是保守些好。

二〇一八年十月三日于窥海斋

时青岛天高水远涛声依旧

1

来而复去、去而复来的各种悲伤，也在一整天周而复始当中慢慢变小，收敛下来。到了准备在法事堂守夜的时候，任何人都习惯把他称为故人或被人称为故人了。

人终有一死。自己也迟早要死。下一次葬礼会是那个人的还是自己这个人的？这诚然不至于说出口来，但难免这么想。或者莫如说，正因为在座的都如此慢慢思索相互的死这种连带感，才使得今日今时的空气似乎多少变得沉温些、大家的心情多少变得豁达些。

算了，不吉利！

然而，还是有人抓住“不吉利”的尾音，说亲戚等等的不就是不吉利本身吗[①]？此外还能有别的意思

① 日语中，“不吉利”和“亲戚”的尾音相同：えんき，しんせき。

吗？于是话题变得复杂起来。不吉利、不吉利——嘀咕声刚才就从那里传了过来。

总的说来，是喜欢闲聊的春寿的酒后失言。他喜欢借别人的话茬儿插科打诨，不妨说是当过教员的他那好为人师的老毛病。

话又说回来，春寿是个喜庆的名字，和这种葬礼场合格格不入。

胡说！我也不是因为喜欢才叫这么一个像是日式糕点名称的名字的！

何况他是葬礼主角。没人能代替吗？没有，因为他是故人和早在十几年前去世的故人妻子的长子。这个同葬礼违和的名字也不是别人而是故人取的——由故人自己取的喜庆名字的儿子担任自己葬礼的主角。故人在天上或地下会做何感想呢？

不知哪里传来孩子的嬉闹声。声音在走廊和大厅里回荡开来。

这种时候居然也能天真烂漫，仍未触及人的生老病死的严重性。不不，他转念想道，虽说是孩子，但不可能感受不到死者身上满满承载的固化的死。莫如说孩子才会有此直觉——而在目睹眼前的死者之时，即使想起自己小的时候，也还是不得不意识到死是切实存在的。

那是谁的死呢？死的是谁呢？不管是谁，只要是有亲戚关系的人，对于现在拿着壶盘在这里匆匆往来的身穿丧服的任何人来说，也都是远亲或是近亲。

不吉利、不吉利——声音再次响起。

见习和尚坐在来寺院接他的车里朝葬礼会场赶去的时候还在练习经文。后排座上同袈裟放在一起有欠谐调的运动品牌尼龙小袋子里装着的手机，由于失误而往葬礼会场打了好几个静音电话。葬礼那边拿起听筒的人仔细一听，杂音中只传来含糊不清的练习念经的语声。

司机心想这见习和尚就像马上要考试似的，或者莫如说是在思忖这哪里是需车接的距离嘛，走几步好了！

比如说，故人是在那里清点寿司桶数量的吉美的父亲，也是她旁边耳贴手机要求可能还在家里的弟弟保雄把念珠带来的多惠的父亲，当然也是接电话的保雄和他们的兄长、葬礼主角春寿的父亲。

故人有五个孩子。

再次传来孩子的声音。

小孩子只有今年三岁的秀斗，声音是他的。他是吉美的女儿纱重的儿子，所以是故人的曾外孙。从秀斗的角度看来，故人即曾外祖父，太公。

这天早上，和纱重、纱重的丈夫丹尼尔一起坐车来的秀斗，在老家面对故人，这是他有生以来第一次看见了死去的人。较之看见了,或许说遇见了更为贴切。秀斗以前近距离见过几次，知道那是曾外祖父，也模模糊糊知道那是外婆的父亲，同时也清楚眼前的他和自己知道的他有根本性不同。昨晚去世的，也就是死了——听得的说法的含义诚然明白，但近在眼前看来，脑袋到底乱套了,弄不清楚死是怎么回事。话虽这么说，这种程度的乱套是秀斗习以为常的事，脑袋不至于成为一团乱麻，莫如说更让人担心的是外婆吉美，毕竟自己的父亲成了这副样子。

不要紧，外婆是大人——说着，纱重抚摸秀斗的脑袋。

阿秀，好体贴人啊！担心阿婆？真的担心？这这这……说罢，和外孙贴脸的吉美的眼睛里浮现出了泪花。这泪花，比之父亲的死，恐怕更是外孙真诚的体贴诱发的。

想来，哪怕再有感慨，心理的起伏变化使得没受到任何刺激的眼珠分泌出水分，也是超出想象的——何况这也是活着才会有的事。尽管自觉这过于轻率、过于盲目，但每当遇上什么也还是下此定论。她深深觉得有谁死时，通常的轻率不是轻率，盲目不是盲目。即使是大人，也并不明白死是怎么回事。只不过是这份不明白早已习以为常，或因为想开了而得以不再困惑罢了。实际上，自从得知父亲已来日无多，吉美他们似乎就已开始习惯于父亲的死。甚至自己的死也在浑然不觉当中时刻接近自己，或者已经接近。虽说事情只能想开，但达观毕竟是没多大意义、不妨说是给人生放假的想法。所谓活着，说到底就是持续置身于其漩涡之中，吉美一边来回看着外孙秀斗和女儿纱重，一边这样想道。

事关内心的纠结，站在秀斗身旁、双手放在他肩上的父亲丹尼尔也不例外。一来在日本面对死人是第一次，二来目睹死了的日本人也是第一次。虽说妻子是日本人的他较别的美国人远为了解日本人的生死观，可是一旦实际面对死者，关于其人归宿所能发挥的自己的想象力，也还是全然信赖不得。

秀斗与丹尼尔，两人的长相十分相似。那略略开启嘴角的嘴唇朝向和形状都一模一样——纱重把视线从外祖父遗体上移开,转向丈夫和儿子,心里这样想道。她觉得自己这一系列动作和感慨好像给外祖父看出来了。外祖父的眼睛是在身上呢？还是在天花板、窗外，抑或在更上的上边呢？明明哪里也不在，却又觉得自己一直被注视着——人果真能产生这样的感觉吗？

纱重事后每每回想那时感觉到的东西。想起自己过去常被人说嘴角很像外婆，想起外婆去世时注视外婆的自己。又在心里想道，假如自己现在死了，丈夫和儿子应该也会同样注视自己并更加感到悲伤。面对人的死亡而念及自己的死和已经死去的先祖，这肯定是自然而然的事。父母有父母的一代，还有父母的父母的一代。即使发展到自己这一代的过程中哪里有了欠缺，即使在家谱上和话语一清二楚，也只能在谁死的时候真切感受到自己的不在，或者只能在谁出生时感受到也未可知。不过另一方面，有个念头掠过她的脑海：就算父母、父母的父母的谱系在哪里中断，自己也有可能偶然出生，只是出生在截然不同的地方——她以近乎断定的心情想到这点还是第一次。也许有了孩子以后这样想的，纱重思忖，自从生了孩子，自己时不时意识到这种多少类似世界观变化的变化。

例如，丈夫丹尼尔是在美国威斯康星州出生长大的，纱重则是在日本的镰仓看着日本海长大的。在相隔如此辽远的空间长大的两个人相遇并且有了孩子，只能认为是一种奇迹。同认识丹尼尔之前交往的那个高中同学相比，遇见丹尼尔的概率势必低得多。

所谓概率，想必也就是这样的东西。

说着，丹尼尔松了松领带，解开西装扣。阵风吹来，丈夫的身体发出不同于日本人的气味。在家里几乎感觉不到，而这么出门在外，就时常有所感觉。纱重喜欢这样的气味、这样的瞬间。

这怕是一样的概率吧？

不一样？

也许不一样。不，不是什么概率，奇迹这东西……

啊——不是，应该不是概率。

纱重想说概率？想说奇迹？

啊，那种说法够气人的，丹尼尔。我说不是概率。

抱歉！对丹尼尔来说，邂逅纱重并这样共同生活这一奇迹，用概率是解释不了的，也不想解释。但既然这样，那么不说概率也无所谓，而且已经表示并非想说概率了。然而概率这个东西嘛……如此说了一阵子道理，认真就概率思考这点，似乎反证性地提高了奇迹的价值。而两人的切实感受，实际上也加深了。

那不是概率。

我们的相遇不是概率。

这么傻乎乎争论之后，想到要讨论奇迹到底是什么，也许丹尼尔已经满足了，至此偃旗息鼓。纱重也感到心满意足。

丹尼尔在榻榻米上盘腿坐下，说道：我喝酒也可以的吧？那样子分外像是个日本人。尽管说得流利但语调到底带有外国人味儿的日语和外表另当别论，但坐的方式和向周围投以视线的举止会让人那么想吗？还是说此人原本具有的凡事都被动消极地置身其间的表现反倒让人联想到身在外国的日本人呢？如此这般，纱重每每觉得较之自己的朋友和职场上熟识的男性，丈夫身上好像更有一种难以言传的日本人味道。

可以，喝吧！婶婶她们忙得团团转，我们什么也不做也无所谓。不用客气，没关系！

听纱重这么说，丹尼尔说了声找酒来，走出房间。

守夜结束，开始聚在大厅喝酒。秀斗困了，于是三人撤到亲属休息室。但路上碰见浩辉，本来困了的秀斗又被他拉到院子里玩去了。

上初中的浩辉相当于秀斗的什么人呢？不是堂兄……浩辉是纱重的表兄阿宽的孩子。对于母亲表兄的孩子怎么称呼呢？纱重想了想，没想明白。

母亲那边亲戚多。她觉得自己似乎从小就一直思考怎么称呼不知道如何称呼的亲戚。时间已经七点半了，但院子面对正开宴会的大厅，能给大人看到。纱重心想还是稍过一会儿再去叫秀斗吧。今天住出门前就已订好的附近的商务酒店。最晚也要九点一过就开车离开这里。她知道丹尼尔反正是要喝酒的，必须自己开车才行。

丹尼尔拿着玻璃杯和一瓶啤酒返回，坐下来才发觉没有开瓶器，“噢——”叹了口气，垂下头来。

纱重说把啤酒给我，随即拿起啤酒瓶走去窗边，把瓶盖卡在铝窗框上，胳膊迅速往下一压。

也没发出多大声响，瓶盖一下子就打开了。过去伯伯教的！纱重边说边把瓶子递给丹尼尔。至于那位伯伯是今天来的很多伯伯中的哪一位，丹尼尔不得而知。的确，把啤酒瓶卡在窗框时的纱重，动作和姿势显得颇像一位老伯。说不定故人在我们夫妇相遇以至出生之前，就以那样的举动在这个世界走来走去，而那是绝对看不到的。丹尼尔用日语想道。

2

守夜场所不是寺院也不是专用法事场地，而是社区集会的会场，距故人家里，也就是故人女儿们的娘家走路不出十分钟。

会场旁边有一座更适合称为山丘的矮山，山麓有神社的石制牌坊，从那里沿同是石制的台阶爬到中间，便是稻荷神社。因为高不过几十米，所以即便从会场院里往上看，也觉得神社近在眼前。不过现在是夜晚，神社和山上的树木一样笼罩在黑漆漆的夜色之中。

院子是接近正方形的方形，面积足够小孩子打棒球。院角有几条长凳。有一块地方面对会场大厅。从大厅中泻出的灯光和声音，使得孩子们即使晚间在院子里也不觉得害怕。此外另有一盏院灯。地面之所以被打理得干干净净寸草不生，是因为平时是附近老人们的门球场。地面拉的细绳将球场区分开来。故人也曾在这里和朋友们享受玩球的快乐。

领秀斗出到院子的浩辉以及浩辉的弟弟凉太，钻过细绳，忙着把地上打的桩子一个接一个拔出。

把随手捡来的铁棍搭在桩套上一圈圈转动后一拉，原来结实的土渐渐变软，洞也大了，很快拉出一条意外长的桩子。从洞中拔桩的感触，尽管动作完全相反,却不知何故,同把性器插入性器的感觉非常相似。后来每到关键场面他们就屡屡想起这一触感。

当然，这还是很久以后的酸酸甜甜，眼下他们还完全是毛都没有长全的孩子。凉太近来曾在洗澡间目睹哥哥浩辉的鸡鸡上面仿佛长错地方的弱不禁风的细细长长的毛。

现在，拔第四根即最后一根桩的是凉太。身旁的浩辉笑道：要是给人瞧见可要挨骂的哟！两人身上都是初中校服：带有同样铁扣的藏青色西装，扎着领带。其实上初中的只是哥哥浩辉，凉太还是小学六年级。因为没有合适衣服穿来参加葬礼，就借穿哥哥的备用校服。全都拔个精光！最初对凉太说的是浩辉，说看我的拔第二根的也是浩辉。三岁的秀斗还没有拔桩的力气。他围着两人边走边拿起拔掉的桩往地上扎，或拿起绑在桩上的绳子来回挥舞。

全部拔掉用来表示球场的四角上的桩子之后，凉太没事可干了，在那里看着哥哥嘻嘻笑了一会儿，然后一声不响地朝建筑物那边跑去，在半开的窗前脱鞋走进大厅。

若是夏天，不可能就这样大敞四开，但现在是不用冷气不用暖气的十月。蚊虫也不会轻易进来。

死在好的季节！

这般随口之言也已经有好几个人说出口来。总共有三十几人吃吃喝喝的大厅烟气蒸腾，窗扇已经打开通风、换风。

吸烟的人多。受不了烟的纱重之所以溜出宴会厅，也是由于无法忍受烟味儿。说秀斗困了，半是借口。

年轻时喜欢吸烟的故人十几年前把胃吸出了毛病，自那以来再不吸烟。而今天聚在这里的朋友们、儿女们、亲戚们喝一口酒吸一支烟，抓一块寿司又吸一支，连连点火，吞云吐雾。

连同往事吐出的烟，看上去仿佛和故人的死或迟早到来的自己的死重合在一起。宴会开始时，烟雾开始伴随着克制性交谈到处升腾，那场景甚至带有几分神秘。啊，啊，一次在某人的葬礼上，自己也曾这样目睹烟雾，纱重想道。但那仅仅是在宴会刚刚开始的时候。随即说话声逐渐加大，无所顾忌地在各个角落此起彼伏。谈钱谈政治的声音也传来耳畔。甚至响起没有品位的笑声，不无色情意味的污秽字眼也开始掺杂进来。

转圈给吊唁客人斟酒的，是主角春寿等故人的子女们和年长的孙辈。

十个孙子里面，还是高中生的知花和英太，加上初中生森夜和海朝、阳子在一个角落坐在一起，喝着啤酒抓食寿司，时不时相互出示一下手机和游戏机说着什么。至于谁是谁的孩子、谁和谁是兄弟，除了极少一部分亲戚，早已经无从知晓了。甚至当事人本身也分辨不出年龄拉开距离的堂兄表姐和叔父婶母的区别。

森夜和海朝是故人小儿子一日出的孩子，但到底读作什么[1]，问过几次，亲戚也没能记住。也是由于多了这层困难，亲子和兄弟的关系好像更加复杂了。

Xin ya，写森夜。

Mi A，写海朝。

写一日出，读 Ka Zi Hi。

对于这个因为出生于元旦早上而取得的名字，一日出本人既不恼恨也不厌恶。大家都说他在兄弟当中是比较畏首畏尾的人，从小就是个不显山不露水的孩子。总是跟在哥哥姐姐后头，安分守己，决不乘兴乱来。便是这样一种类型。虽说名字奇妙，虽说作为老幺自幼就处于被哥哥姐姐们随意使唤的位置，但他一向乖乖接受，表情看上去总好像十分达观，不够丰富。

给两个孩子取难读名字的，不是一日出，而是妻子奈奈绘。准确说来，Xin Ya、Mi A 这两个发音是一日出和奈奈绘两人思考的结果，赋予汉字的是奈奈绘。名字的由来当然是有的，至于向读法都无意认真记取的亲戚们特意加以解释，无论父母还是两个孩子本人

---

① 指“一日出”的日语读音。

都没这种心情。所以现今几乎谁都不大清楚。

老实胆小的一日出居然娶了个那样的媳妇！

总有听起来像是偏袒媳妇的说法传到奈奈绘耳中。当然,"亲密度"较低的妯娌等亲戚们的这种说法，只是不客气罢了，总的说来更带有肯定意味。不过这也许仅仅在奈奈绘听来如此——奈奈绘不仅对亲朋故友，甚至对丈夫和孩子也不很关心，甚至时常显得冷淡——因为并没有发展到麻麻烦烦的争吵那个地步，所以大家都显出释然的样子。女人间的纠葛可是让人受不了的。

但奈奈绘的真实心情无从得知。或者本人不为人知地受了伤害也有可能。

结婚当初就动不动听人说她是与众不同喜欢时髦的女性，而那是因为她毕竟年轻。实际上既不怎么时髦又不多么另类。只不过是她分明比丈夫的兄弟姐妹，以及不知有几人的叔婶们年轻，对于他们来说，只她一个明显是另一代人。同一日出相差八岁，结婚当时她二十二岁，看上去完全是千金小姐。

所谓先有后嫁这点怕也加强了这种印象，况且生于新宿长于新宿这一出身，也使得她在虽然同是关东但是在埼玉西边这种距东京不近的地方生活的人看来，其出生地实在非同一般，难免想象她简直就像是在歌舞伎町[①]正中长大的。而实际上，奈奈绘是在密集的住宅地段度过极为普通的儿童时代长大成人的。

另一方面，甥男侄女和她年龄最为相近，加上性格爽朗，被他们像仰慕姐姐一样仰慕着。例如，在故人的孙辈当中，早已经长大成人、现在也为附近老人们来回斟酒的崇志已经三十二岁了，同三十六岁的奈奈绘只差四岁。是的，是个比丈夫年龄还要同自己接近的侄子。若是兄弟姐妹多的往昔，倒不是多么稀奇的事，而在被斟酒的老人们看来，很难认为现在给自己斟酒的崇志同正在稍离开些的地方为故人的一位门球伙伴斟酒的奈奈绘是侄子和婶母的关系。或者莫如猜想这个青年是谁，相当于故人的什么人？

崇志，写崇高志向的崇志。

姑且给如此自报姓名的青年斟一杯啤酒。你是谁

① 歌舞伎町多有色情服务业。

的儿子？

春寿的儿子。

啊，原来是春寿之子！这才恍然大悟。随即问道，那么，那里的姑娘是谁的女儿？

啊，说的是奈奈绘阿姐？听崇志这么说，老人认为奈奈绘是崇志的姐姐、春寿的女儿。

对于今天来的孙辈当中年龄最大的崇志来说，无论如何也无法把自己高三即十八岁那年出现的二十二岁的奈奈绘称为婶婶。话虽这么说，直接称为奈奈绘也不好意思。和弟弟正仁有意无意商量的结果，决定称为奈奈绘阿姐。

弟弟正仁、弟弟正仁……嗬，有正仁这么个家伙？

正仁今天没能来。因工作关系去鹿儿岛了。预定来，但因天气变糟航班取消了。

这么着，正仁没来。现在仍在鹿儿岛。离得相当远，谁也没想象或提起正仁。崇志也有两三年没和正仁见面了。而今天同样未到场的哥哥宽，听说五年前就下落不明了。

啊，九州那边来台风了。

是的是的。

崇志眼前的老人不大清楚自己是谁，他也同样不清楚老人是谁，只管斟酒。这位老人是故人总角之交的朋友八田。

3

从临院窗口上来的凉太，穿过桌子和人群空隙，来到房间一角的孩子们那里。哦？喝酒？他看着知花和英太说道。

他嘴唇沾了一下倒在玻璃杯里的啤酒，讲起同龄以及同在高二的英太和知花来年高考的事。多惠的女儿知花在初高中一贯制的私立中学上学，瞄准推免上大学的指标，但不怎么用功，连高中都没考，而考大学更是吃力。预校？没上。

说罢，知花喝干杯里剩下一半的啤酒。啤酒倒是不怎么够味儿。没有烧酒饮料[①]？

估计没有那么讨巧的东西。

---

① 烧酒饮料：原文为チューハイ，一种兑苏打水的“烧酎”（日本传统烧酒、蒸馏酒，酒精含量20%—40%）。

说着，英太往知花的杯里倒啤酒。英太是保雄的长子。他模仿坐满大厅的祖父辈和父辈们，特别做出低俗的样子，但还不够到位。和英太差两岁、现在读初三的妹妹阳子在离开些的地方同森夜他们并排而坐，一边喝可乐，一边以冷漠的心情和目光看着装作大人模样扬扬得意喝酒并刻意做给比自己小的堂表弟妹和亲戚们看的哥哥。知花对那种冷漠悄然怀有共鸣。

凉太从森夜手里抢下手机，准备把未成年的英太和知花喝酒的场面照下来。给英太一叫，马上美滋滋地问：什么？

嘘！对方把手指竖在唇边示意，但凉太执意要照。英太再次焦躁地叫了一声，凉太这才把手机还给森夜，走上前来。

什么？

走廊中间的房间有电冰箱吧？往里看看，要是有烧酒饮料，拿来！或者地板上有大大的冷藏柜，说不定里边会有。

高兴得到帮干坏事机会的凉太说了声明白，跑出大厅。

往自己杯里倒啤酒的英太一口喝掉一半，打了个大饱嗝。

这副样子，还有不知何故把校服长裤双双撸到膝盖上面整个露出全然不知是晒黑的还是纯粹给沙土弄脏的黑黝黝的皮肤和好多腿毛坐着的样子——知花看了，觉得自己见到了平时在学校里见不到的，因而产生各种想象的同龄异性的一个实例。知花上的是女校。

英太在足球部。他只脱下及踝袜子的后跟，袜子连着他的趾尖。要脱就全脱掉嘛！

足球部活动结束前考完试就好了。说罢，英太又打了个大饱嗝。

就好了什么意思？

车到山前必有路！说着，把一个粗大的寿司放进嘴里，咕囔咕囔嚼着咽了下去，又拿起一个投入口中。每个动作都那么恶心，或者说丢人现眼。听说这样的家伙也有那个她。知花心想，想必多半因了浅薄的缘由凑在一起进行浅薄交往的。那个她估计也不怎么可爱。倒是不清楚。

知花知道，自己也算不上漂亮。她环视大厅，再次打量老爷爷老奶奶们的脸庞。好像重新发现似的发现他们嘴脸全都普普通通，没有一个值得特别夸耀的。

说理所当然也是理所当然，亲戚们的长相总有一部分相似。不知什么原因，就连没有血缘关系的配偶们也有哪里相像。尤其是，吉美姑母的丈夫胜行姑父同知花的父亲宪司，血缘本来毫不搭界，而在亲戚们相聚的场所凑在一起，无论脸庞还是气质，相似得几乎只能让人认为是一对兄弟——这种说法刚才就有好几次成为这里那里的话题。或者莫如说有一种同一家族婚丧嫁娶场合的常规谈资之感。

胜行和宪司不仅脸庞相似，而且同岁，也很要好。即使不是这样婚丧嫁娶的场合，两人平日也不时在外面喝酒。不知是本来就长相相似，还是娶了流有同一血脉的姐妹而在多年不断深化的亲属交往中慢慢变得相似的。哪一种都不好解释，但实际上又这般相似。

吉美与胜行结婚三十年了。多惠和宪司也已结婚三十年。但结婚当初由于各自丈夫的工作关系，吉美夫妇住在福冈，多惠夫妇住在东京都内。

胜行是保险公司的营销员。继福冈之后，在日本全国各地调动了几次，独生女纱重的出生地好像是仙台。婚前和胜行在同一公司当事务员的吉美，婚后辞去工作当了主妇。纱重上初中时，胜行到东京总部工作,在老家所在的镰仓买了房子。其后转去横滨分公司，看样子退休前不会再动了。

不过，这种粗线条信息，虽说是亲属，但也会有疏漏或失误的地方。何况当时的情况并非直接所见所闻。所以作为知花所掌握的信息，能确定的只有现今住在镰仓这点。别的都不过是道听途说那个程度。全错都有可能。

另一方面，关于父亲宪司和母亲多惠，本以为到底应该知道得详细一些，可是细想之下，信息量诚然不少，而若作为家族史话题整理起来，这才知晓关于自己出生前和儿时的情况，自己了解的和其他家的并无差别。最先想起来的，无非是醉了的父亲把自己锁在卫生间里睡了过去，以及全家去伊势旅行时唯独知花乘了方向相反的火车在纪伊半岛转了一圈等在家里反复说起的无所谓的事，以及过去养的宠物狗。全是这些。

婚后，夫妇不是在三鹰就是在调布生活。后来哥哥美之出生的时候搬了家。至于是从三鹰搬去调布的，还是从调布搬去三鹰的，毕竟是自己出生前的事，问了几次也没记牢。没有附带影像和音频，这和死记硬背日本史、世界史没什么区别。总之历史科目最伤脑筋，也最讨厌。

在百货商店工作的宪司和当过护士的多惠这对夫妇，尽管搬了几次家，但始终在东京都内生活。知花出生后搬来杉并①，最初居住的浜田山的家就忘得一干二净，只是隐约记得其后住的西永福的家。浜田山也好西永福也好，平时都不去也不路过那里，不大清楚那是怎样的所在。

宪司和多惠结婚过了二十年的时候，全家搬来横滨市内。此刻不在场的长子美之的存在和搬家深深连在一起。那是美之十六岁、知花刚上小学时候的事。

听说同知花相差十岁的美之，上幼儿园、上小学是和周围的孩子一样度过的。但上初中不到半年就不上学了，在家闷在自己房间的情形多了起来。

---

① 杉并：东京都的一个区。

多惠和宪司怀疑是他受了欺负和体罚什么的。本人则说那不是原因，初中班主任也说没受欺负。两人并没有马上信以为真。而另一方面，尽管美之不上学了，但要好的同学常来看美之。美之也不拒绝，让进房间，一起打电子游戏或弹奏凑起来的乐器，莫如说同平时每每阴沉的神情相比，显得格外开心。于是多惠也好宪司也好不再认为美之的同学关系有问题了。

同学们下课后来，夜晚回去。参加课外活动的人，活动完了特意赶来。临回去时，还相互说明天见。不过那不意味明天在学校见。第二天放学后，又各自背着吉他、抱着借来的漫画本和杂志、买一堆普通糕点赶到美之家里。寒假结束，到了第三学期，美之完全不上学了。同学们天天照来不误。

到底怎么回事？一次多惠追上回家的他们，拦住询问。一问你们为什么每天都来？二问美之为什么不想上学？父母为无端不上学的儿子大为困惑。别说解决办法，就连缘由也久久发现不了，为此焦躁起来。各有各的工作，何况知花的抚育也牵扯精力。

啊，我们也不明白。

美之和过去没有不同，觉得不是被欺负和有病，阿姨不用担心。

美之也来学校就好了，可那终究是美之的自由。

阿姨，总是来这么多人，对不起啊！

的确，不上学是美之的自由。也觉得他自小就是个喜欢沉思、有很强内省倾向的孩子。他有他自己的想法，所以予以尊重的心情当然也不是没有。可是，作为父母仅仅这样是不可能的。况且，来找美之的同学们也渐渐不上学了，白天就开始往美之房间集中。倒是没有喝酒吸烟，仍和以前同样只是在房间里打电子游戏、看漫画，也有时一起外出。没多少钱的他们似乎也并不是去繁华商业街和游乐场，而常常在公园和图书馆度过。

当然，学校和其他学生家里也开始重视这类问题。看上去似乎是美之煽动他们不上学，但这点很快通过当事人的证词被否定了。那么，若问弄明白了什么，结果什么也没弄明白。他们满不在乎地、至少在表面上没有任何戏剧性理由和契机的情况下缓缓脱离了义务教育。

二年级放暑假前，美之的八名同学处于彻底不上学的状态。如果加上断断续续上学、仍来美之房间聚集的“常客”，就超过了十人。

莫非他们成了不良分子？否则，成了什么呢？

因为没有像样的理由，所以很难说服自己，父母们说。他们没有强烈反抗什么，也没有着迷什么。而又并非无精打采、麻木不仁。第二年就面临升高中考试。他们几乎不谈出路和未来。宪司和多惠，以及其他学生的家长都希望他们上高中——无论哪一种形式——而且成绩差得难上高中的学生，包括美之在内一个也没有。也许他们也在以自己的方式思考上高中的事吧，开始自觉地开学习会了！如此这般，既不胡乱反抗，又不消极懒散——这样的表现愈发将周围人的理解拒之门外。

回想到这里，知花觉得自己之所以不能充分把握自己一家的脉络，可能同哥哥的存在有很大关系。同哥哥美之相差十岁。当时才三四岁的知花对不上学时期的哥哥的状况记得不很清楚。只模模糊糊记得在西永福两室一厅套间的公寓里聚在哥哥狭小的房间的初中生看上去几乎和大人差不多。甚至怀疑那是不是当时见得的光景。相比之下，想起更多的莫如说是为当时的哥哥烦恼的母亲时不时突如其来地一把搂紧在床上睡觉的知花、正吃饭时的知花。几乎把身体搂痛了。隐约觉得那是因为疼爱自己。但如今开始觉得，对于当时的母亲来说，可能是因为自己成了瞬间的救助和依靠。这事还不曾问过，往后说不定成为母女的交谈内容。

这么说来，这种事也可能有过。

有可能。如果没有你，妈妈没准出点儿什么问题。

尽管意味暧昧，但多惠远为清楚地记得女儿所说的那一瞬间。母亲怕是认为这么突如其来的行动不至于留在女儿的记忆里才冲动地搂紧女儿的。根本不至于想到几十年后和当时的自己同样年龄的女儿会把当时的事端到自己面前。

届时，女儿说不定也有孩子。果真那样，夹在母子之间的女儿的所思所想，势必更加复杂。

也许如相当于知花表姐的纱重所说的，那种感慨不过是任何母子之间都会发生的普普通通的东西。虽说普普通通，但并非是可以随时轻易连接的感情。某一瞬间发展成迄今不知听过多少次的感慨——越是普普通通，其中越是有未知、已知之人的感慨交织在一起。

位于知花视线前端的母亲多惠，现在正和故人的弟弟即其舅父谈什么谈得入迷。多惠平时就常喝酒。此刻也以比作为交谈对象的老人快得多的速度喝光一瓶啤酒，正要自己续上。眼睛已经直了。酩酊大醉倒是没有见过。过去几乎从不喝酒的多惠晚上顿顿不缺也是从搬到横滨前后开始的。也就是说正值美之不上学那一时期。不过这也不知道在多大程度上属实。

逐渐远离学校的美之的同学们，大约过了半年，又逐渐返回学校。单单美之照旧不上学。但在自动升级迎来三年级第二学期的时候，他表示毕业后要上横滨郊外一所私立高中。那是一所以校风自由闻名的学校，没有校规和校服之类。

啊——于是知花一家搬到横滨，为了哥哥美之升学。

英太背靠墙柱，腿伸在茶几下面，嘴直接对着啤酒瓶嘴喝了起来。

知花实在看不下去了，只应了声是的，穿起拖鞋走到走廊。去取烧酒饮料的凉太没有返回。

一家人以哥哥不上学，或者不如说以哥哥采取摆脱不上学状态的形式上高中为契机搬来横滨。这点知花本来就知道，现在得以重新确认。她之所以对这段家史感到新鲜，是因为当时六岁的自己不晓得哥哥的具体情况，而觉得唯独西永福那个家和街道同横滨市户柄冢区那个家和街道依稀重合的光景，意味着那一时期的自己一家。包括自己在内，那里不存在拥有意志和声音的人。

那一时期，包括走去离家最近的车站也要走不少路所需时间在内，父亲去银座上班的时间比以前要几乎多花一个小时。一直做护士工作的母亲在搬家时辞职了，而在横滨找工作找得不顺利，带着想重新工作而不得的遗憾回到了家庭——这样的父亲和母亲的关系每每剑拔弩张。因为对母亲的情况放不下，已经搬来镰仓而相距近了的吉美姨母常到家里来。父亲也有父亲的做法，同相距变近的胜行姨父交往日深，长相很快相像起来——这些事和母亲从那时开始知道酒滋味的事一样，都是后来听得的辛劳岁月的苦恼故事，不是知花本身的记忆。所以，时间一长，肯定重新归为谁也不在场的朦胧记忆。

往走廊中间的供水室一瞧，坐在钢管椅上的凉太正在冷藏柜前喝易拉罐烧酒饮料。身边已经有了一个似乎喝空了的易拉罐，现在正喝的像是第二罐。以若有所思的神情盯视什么也没有的正面。想必不习惯的酒精把这个小六[①]的脑袋和身体搞得一团糟。却不知为什么，脸形蛮像大人。那个孩子的父亲？知花心里嘀咕，是宽。下落不明五年了。

知花停住脚步看凉太。凉太目视前面，不时地把烧酒递到嘴边，没察觉知花。知花没有搭话，继续往前移步，走进走廊尽头的大厅。

几小时前还安排守夜的大厅若明若暗，仅有深处的祭坛点着灯。祭坛中间的下端放着有祖父遗体的灵柩，周围全是花。灯光照射的前面的中间留有通道，

① 小六：小学六年级。

两侧排列着钢管椅。

明天在同一场所举行遗体告别仪式。沿通道前行，察觉并排椅子的最前列的边上有个人影。与此同时，那人影朝这边转过脸来。知花不由自主地发出声来。

哈哈。看见吃惊的知花笑的，是一日出。又让人一惊。

干什么呢？

上香。

祭坛前的台上有蜡烛和圆形香炉，香炉上插着香。蜡烛的火苗几乎不动，但偶尔轻摇一下。香柱的烟也几乎直线上升。无风，知花心想。而就在她这么想的一瞬间，火苗和烟微微摇颤一下。

今夜香火是不能断的！

哦？知花应道。为什么？想问，却又没有兴致问出声来。心中不解其故。值班？

是的。

知花沿通道走动，注视香炉。现在上的香剩下一半左右，看样子还不至于很快燃尽。于是她绕到旁边，从灵柩小窗窥看外祖父的面庞。

没有和外祖父一起生活过，只是盂兰盆节和正月跟家人探亲时一年见过一两次面。当然，从小熟悉的外祖父的脸，这么给人一种像用黏土制作的偶人样的感觉，到底打击不小。也许因为在一起时间少的关系，所以较之再也见不到外祖父了，更是脸和身体同活着的时候不一样给知花以打击。

再插一支香也可以的？

没什么不可以的。

知花从圆香炉旁边放的许多香中拿起一支，把一端凑到蜡烛火苗上。吹灭燃起的火苗，插在已经立在那里的香的旁边。

那么吹灭是不行的！

哦？

香的火苗，必须这么摇晃着熄灭。

哦，骗我！怎么办？

问怎么办，一日出也不知道怎么处理已经吹灭的香。于是默然。

不知道的。知花嘟囔一句，以不知所措的神情盯视了一会儿香和蜡烛，而后也许想通了，换上不以为意的脸色，又往棺里细看，心里小声说道拜拜。随即从校服裙里掏出手机，往一日出那边瞥了一眼，走出大厅。

4

临时充作葬礼大厅的会场的入口和前院到处摆着花圈。亲戚的名字、同故人相关之人的名字、企业和同窗会的名字一个连着一个。虽说是临时，但毕竟常常作为葬礼大厅使用，所以大家都已习惯了有关活动——比如本地殡仪馆和社区有关人士白天进行的花圈的摆放、祭坛和守夜场所的设置、宴会的准备等等。配合默契的合作和作业的技巧相当训练有素，看上去甚至胜任愉快。就连装点祭坛和大厅的切花谁拿回去多少，从设置时就已几乎安排妥当。

会场前面的一条路，一边是明显低下去的原野。原本是耕地，现在因为管理不过来，到处杂草蔓延。前行不久，路就碰上了县道，其交叉点有故人家的菩提寺。虽然住宅星罗棋布，但路旁多是农田或长满草的荒地。稍离开些的地方铺展着一片片农田。不过这一带的村落没有种稻的农户，差不多全是菜农。把地完全弃置的人家固然不多，而专以务农为业的人家也很少。大多是因为没有继承人而只种自己家用农作物的家庭。

夜里，除了稀稀拉拉的街灯的下面，黑得几乎分不出路和田地的界线。但并非真的分不出，眼睛很快习惯黑暗。一来柏油路的黑和繁密野草的黑有所不同；二来只要看一眼远处河流上方的天空，就会知道那里存在的不是黑暗，而是一如往常的夜空。

另一条路往左大大拐去会场前方横亘的树林，是砍伐树林修建的。但如今穿过两座树木掩映的住宅，往左一伸，同一条仍和县道相连的窄路形成一个三岔路。继续直行，很快就成了下坡路。左侧可以看见凉亭——凉亭里每夜每夜都有附近养的猫和野猫出出入入——再往右大大一拐，下行的正面闪出辽阔的河滩。

夜幕下的河滩上的石头们，就好像贮存了白天沐浴的阳光，白亮亮的。缓缓流淌的河面，黑乎乎沉甸甸的，没有反射的光亮，也察觉不出水流的波动。仿佛被黑暗吞噬的长满野草的河中湿地也一片漆黑，分成两股的河流深处的河面也杳然不见。若是夏天，河滩上一连数日排列着帐篷，周末有篝火有灯盏，一直闹到很晚。而到了十月的平日夜晚，河滩上空无一人。

对面河岸土堤和河中湿地的茫茫野草，从高台看去，黑魆魆整个连成一体。对面河岸土堤的前方排列着四座形状相同的小建筑物。白天把仿佛橙色和粉色的中间色那般颜色的四方墙壁对着这边，但此刻因为没有照明，墙壁上一色纯黑，只有建筑物内侧的灯光隐约烘托出剪影的另一端。旁边竖立的招牌有从底端照上来的灯光，字则看不清楚。似乎是用罗马拼音写着什么——所谓情爱旅馆。

理所当然，看不出情爱旅馆的各个房间现在有没有人。不过，即使现在谁也没有，那四座建筑物里也曾到处有人，多得数不胜数。往下也会有数不胜数的人进入那些房间。

从那里再往前，有高尔夫球场。用网围起来的高高的空间闪着朦朦胧胧的灯光，仿佛整个浮在黑暗中。被打飞的高尔夫球倒是没有看见，但既然亮着灯，那么想必有人打球。即使实际上没有人，亮着灯的练习场上也会有球飞起，不为人知地滚落在人工草坪上。谁也没有发现场上谁也没有，明明没有人却腾空飞起的球，从河流这边也看不见，一个人也看不到。看见的，也许只有一直飞扑向前的夜间昆虫，或者夜鸟也未可知。问题是，何时、如何才能清楚看见飞去的球或鸟呢？

右打左打都无所谓，反正都是举起球杆，朝着脚下的球画一条弧线挥舞下去。没打过高尔夫的人会觉得看上去简单，而实际把球放下并往球前一站，就会手足无措，不知如何动才好。这不限于高尔夫，若是任何运动都不擅长的人，无论击球还是发球，都不会像平时所看的选手那样驱动自己的身体，恐惧感分外强烈。八田这样说来着。

町内老人会一行，买一张环行车票一会儿泡温泉一会儿看剧一会儿赏红叶，不断东奔西跑，那是以前的事了。当时的成员已经多半离开了人世。话虽这么说，因为老人一个又一个补充进来，所以人数不会减少，但不再像过去一个时期那样一年到头四处旅行、聚餐或者集会了。不知道是不是这也受到了不景气的影响还是“代差”所致。总之全盛时期，具体说来从八十年代到九十年代，那时一年之中合得来的人总有几次一大早就跑去千叶、群马的高尔夫球场打几局。因了这样一种情况，所以我——八田继续下文——别的旅行都是全勤奖，只有高尔夫仅仅去了一次，往后找也不去。

神情苦涩的八田想起自己当时瞒着别人偷偷去了练习场几次。不管怎么练，最后也还是完全没有进步。

高尔夫球场的前面，不知什么原因造成的，居然有一方夜空带有扑朔迷离光影斑驳的花纹。肉眼怎么也分辨不清黑暗与夜空的差异和界线。眼睛什么也不告知。只是看，只是看能看见的。

夜空笼罩在我们所有人的头顶。假如我死了，就能无限爬到某某人的头上——这么说肯定是错误的。说这种话的人，结果势必和出生时同样从地上仰视月亮、星星和云层。即使死了，所思所为不也是和活着的人一样？所以这么说，是因为自己认为即使没死也像死后无限爬上天空的人，肯定活着的时候就不时攀爬。实际上知花也认识好几个这样的家伙。超越房顶的高度，超越鸟飞的高度，扬起下颏看更高的天空。倘若顺利，就会同宇宙相连。对于能够上升的他们，宇宙那东西仅仅是上面而已。上升当中，因为气温急剧下降，双臂和腹部会起鸡皮疙瘩。平时就习惯了攀爬，服装也一应俱全，比较厚，厚得在地上穿会觉得热。反过来说，身上衣服多得有违气温的家伙，具有攀高志向的所占比例可能较高。实情如何倒是不得而知。

往下看去，可以看见地图般的地表，但那种东西几乎没心思看。举例说，下游河段扁平扁平的河面啦，上游湍急的流势和岩石的大小凹凸啦——假如距离远得感觉不到这些，那么看景的意义就无从提起。空中没有高度也没有宽度。那不是物理上的无，莫如说其泛滥——她如此描绘自己的感觉。

如果把身体浸入河海之中，会不会多少获得和置身于高空同样的物理性泛滥的感觉呢？这一带，即使走到河面的中间，深度也不过及膝罢了。水流平稳。但是，夜晚的河水看上去意外深不可测。令人想象黑黑的水陡然变重，裹住身体下沉。

屁股先沾水，再一边把腰部后移一边让后背缓缓浸入水中。夜空高高出现在视野中。一直持续的水流声在最为接近作为其声源的水的现在，已无从知晓是从哪里响起又在哪里回荡开来的。不能升空的人，只有这么躺着。脖颈和后脑勺贴在水面。好凉！发出戏谑的语声。四肢的力气刚一放松，噢——觉得如释重负。一如空中之感。感觉人在天上。溜滑溜滑，倒是不曾试过。

如此这般，在夜幕下缓缓随波逐流。

5

走到会场外面院子的知花打了个电话，打给哥哥美之的手机。美之住在走路相距十分钟的故人家院子的一座简易房里。

简易房原本是存放农具和不再使用的家具等物件的小仓库。美之住进来不久，就委托商业街上的施工店、电器店安装窗扇和空调，铺上地板，以便能够起居。

故人居住的房子倒是足够宽敞，但每个房间都不好用。或者又大又不易改变用途，或者放有大件家具。即使决定美之入住之后，也没有准备给他住的房间，或者莫如说谁都没心思准备，于是在美之的请求下将几乎不用的小仓库改造一番。

美之从小来这里就总是住小仓库。搜出旧工具玩耍，或好几个小时藏在小仓库里不动。

去横滨郊外那所高中上学的美之，天天来回跑。从家里到学校要先从最近的车站坐二十分钟电动列车，再坐三十分钟公共汽车。不住校是不轻松的。虽说这所高中和一般高中不同而采用学分制，每天早晨不同一时间到校也可以，但三年时间里美之几乎没有旷课，天天一早上学，和同学们一起认真演奏乐器，除了初中时代在自己房间拿在手里而未能真正练习的吉他，还有电动大提琴的键盘等等。

休息日他们也去学校练习。他们的活动并不是校内社团活动，却又不能随口称之为乐队。这是因为，他们的演奏直到最后也不曾在人前录音，仅仅是为了聚在一起罢了，成员也悠然更换或归队。而这样一来，可能连练习都算不上。至于演奏的乐曲，从日本走红歌谣到往日流行的西方音乐，以及标准的爵士乐、某人的原创等等五花八门。总之，尽管哪一种都并非没有在校园文化节公演的机会，但终归他们仅在只有他们自己的地方反复演奏，毕业后再未聚过。

毕业后，同学们有人上大学，有人没考上准备复考，有人进专科学校，有人就业，有人成为自由职业者或无所事事，比例大体差不多。中途退学的和留级的，每年也有一定数量。美之可以归为无所事事的行列。不过，无所事事当然也并不是完全什么也不做。自由职业者固然算不上，但多少打一点短工，或侍弄花草、画画、看书。

美之也在毕业那年夏天，从横滨自己家搬到一个人住在埼玉乡下的外祖父家——采取了主动而又动机和旨趣不明的行动。

这无论对父母和知花还是对埼玉乡下的外祖父，都是始料未及的。作为母亲娘家的这个家，虽然从小放寒暑假时来过，但此外同外祖父外祖母之间并没有多么热火的交流。

美之突如其来地给外祖父打了个电话，说想去那边住。外祖母六年前去世后，外祖父一个人生活在那里。尽管同小时候相比很少很少有机会听得近况，而且好几年都没见过面了，但外祖父一口答应了这个外孙的请求。初中时代美之完全不上学这点，外祖父脑海里不至于没有。那么外祖父那时到底是以怎样的心情将这个被称为问题孩子的外孙迎到自己家来的呢？父母又是以怎样的心情送出去的呢？更重要的是，美之究竟是出于什么考虑而要搬去外祖父独自生活的家里去的呢？

至少在当时九岁的知花眼里，哥哥的离家和社会一般认为的独立没有区别。而另一方面，不知不觉之间也觉察到哥哥和一般高中生多少有所不同，也晓得很多人都说哥哥伤脑筋的“伤脑筋”意味着什么。

至于此后外祖父和外孙两人在那个家长达八年的生活，大家都所知无多。甚至父母也不了解美之平时是怎么过的。当然是想了解的，可是打电话也好直接去也好，美之几乎都不从院子的简易房里出来。据外祖父说，平时也从简易房里出来在家里进进出出，见面也正常交谈。回想起来，无论是不上学的初中时代，还是搬到横滨后的高中时代，在家里的美之并非完全不从房间里出来，见了面也和家人正常交谈。不过，所谓正常交谈到底是怎样一个东西呢？是怎样的心情与心情、话语和话语的交流呢？父亲宪司也好母亲多惠也好，都很难想得起来。过去自己同儿子是怎样交谈的呢？想得起来的全是孩童时期的。而从某一时期开始以后同儿子的交流，似乎想得起来而又全然想不起来。到何时为止想得起来，从何时开始想不起来，这也不清不楚。

对于哥哥离家时才九岁的知花来说，跟哥哥的生活、跟哥哥的关系，只有自己年幼时的记忆。或许由于这个缘故，仍清楚记得几桩——尽管不多——同哥哥的交集。不过，那只留在知花的心目中，一次也没跟父母说过。或者莫如说，虽然清楚记得，但那只是清楚的场景，却不是能够清楚说明的状况。

最先浮上脑海的，是美之和知花单独留在横滨家起居室里的事。坐在地板上翻开杂志附录什么的知花蓦然往歪在沙发上的美之看去，原来美之也正在看知花。四目相对的那一瞬间，不知是因为时间过于短暂，还是由于两人的呼吸或者什么一下子合拍了，一种奇妙而又充满自信的兄妹一体感朝自己袭来。此刻两人考虑的是同样的事。不是考虑本身相同，而是两人、两人单独考虑同一件事。虽说那样的事不曾向谁问起过，但血缘相连的兄妹肯定会有这样的一瞬间——知花当时心里想道。美之在四目相对那一瞬间之后马上移开了眼睛，转看天花板。一体感随即消失，重新开始作为各自不同的人在房间里相处。

兄妹一体感？那不莫名其妙？不会有男女情色？

只有一次，知花对初中好友佳织讲了。佳织这样说道。

假如有人对知花讲这个，知花想必也会这样说，并且认为实情也是这样。不过唯独自己记忆中的那一瞬间，似乎是非常纯粹的、同哥哥啦妹妹啦之类没有关系的、仅仅是一个人同另一个人伴随偶然的特殊瞬间。这种感觉从九岁至今从未改变，实在非同寻常。而且那完全无法说明，或者是类似幸福原型那样的东西也未可知，尽管这个说法让人纠结。这种事，怎样才能向别人说明呢？既不莫名其妙，又没有男女情色。然而除了莫名其妙和情色又别无其他说法。

难忘那一瞬间。每次想到哥哥，都不由马上想起那一瞬间。不知是由于总是如此周而复始，还是因为那一瞬间的特殊性，总之回想起来的光景异常鲜活。而且不是整体，而是在扑朔迷离的流程中有比现在的视野更明晰而轮廓更浓郁的部分和瞬间闪现出来，光彩夺目。至于那是注视当下的眼睛，还是当时那一瞬间的眼睛，则无从知晓。

知花一边听电话另一头哥哥的语声，一边从院子通过摆着花圈的沙石前院，来到会场前面的路。她问决定不参加守夜的哥哥在家里或不妨称为自己房间的简易房中做什么，哥哥说正在喝酒。

因为不通煤气，做饭用煤气炉，要通过院子走去正房的厨房。若是烧水，简易房里有电炉，自来水在外面，出门一拐就是。井也有。

电冰箱在作为仓库使用的时候就放在那里，里面有啤酒，有每星期骑一次自行车去十分钟路程远的超市买来的食品。生鲜的少，多是盒装的半成品和咸菜什么的。其余就是豆腐、鱼糕等不用烹调就能直接吃的东西。话虽这么说，但也并非不买肉和青菜，只是需要烹调的放在正房的厨房里，一般每天去厨房做一次饭菜。这也不是什么义务，仅仅自做自吃罢了。

作为一家之主的外祖父三个月前住院之前，两个人的饭已经由哥哥做好几年了。哥哥有时在自己房间吃，而在正房客厅一起吃的时候也不少见。

哥哥去的横滨郊外那所高中，有很多初中不上学的学生。知道哥哥毕业后也没工作而在外祖父家同外祖父两人生活的人，把哥哥看成是“宅男”。但估计哥哥并不是有意“宅”在房间里不动。

相反，知花最近觉察哥哥比自己和父母想的爱活动得多。一个很大的原因，是上高中后父母允许他带手机，得以时常用电话和哥哥交谈。

她没有把哥哥的详情告诉身边的朋友。一个月同年龄拉开距离的哥哥打几次长电话，基本可以畅所欲言无话不谈——这点跟要好的朋友讲过，也受到了羡慕。知花也为有这种关系的哥哥多少感到自豪，但哥哥没工作的事没讲。若有朋友问起，可能会说哥哥离家在埼玉县工作。而朋友们谁也没关心到那个程度。

和哥哥打电话时说的，大多是自己学校生活的琐事，没怎么深入交谈。没有深度，只是絮絮叨叨说个没完。同记忆也好同社会现状也好都没什么联系的车轱辘话絮絮不止——知花喜欢跟哥哥打这样的电话。

哥哥只在父母或亲戚来时不胜其烦地躲在简易房里。倒也不是讨厌父母和亲戚，只是不耐烦被人这个那个刨根问底。准确些说来，因为他知道自己没有话足以应对别人刨根问底，所以懒得出来遭遇尴尬。倒是没有对哥哥说，她有一种自负，觉得对于始终不能同父母和谐相处的哥哥，自己是他唯一能感到亲情的亲人。而且她认为这对父母也可以成为一种救助。

你多大了？

美之这样问妹妹，同时考虑自己的年龄。倒也不是说每次电话中都问，但作为兄妹来说，美之的确过于频繁地问知花的年龄。

十七。

那么，我二十七了？

知花听得美之在电话另一头啜一口酒，嘎嘣嘎嘣咬着什么，同时思考自己和哥哥之间的十年这段时间。那里粘贴着哥哥怀有的什么。十年这个时间段，差不多都是哥哥的。哥哥通过看知花而反思自己。如此构成的十年，即是美之与知花之间连续存在的十年这一时间。姑且称之为时间，而实际上说不定是截然不同的东西。

知花！

什么?

守夜请客用的东西，不能带一点儿来?

哦?我何苦——知花脑海当即浮现出这样的回答。但那是作为极为一般的应对形式浮现的，不可能是知花对于哥哥的答话。不能那么应答!伴随少许自我陶醉感慨的否定随之而来。好的,她应道。好的好的，她在心里唱歌一般重复着。较之喜欢哥哥，莫如说更喜欢考虑哥哥时的自己。但不可能永远这么想、这么想下去。

知花从会场沿着黑暗中的路朝河边走动——返回来时路的过程中，有汽车从会场往这边开来。车灯直晃眼睛。缓缓靠上前来的时候，隔着车窗闪出驾驶席上的奈奈绘和副驾驶席上的一日出的面庞。

奈奈绘在知花身旁停车放下窗玻璃，啊，到底是知花!干什么呢?黑乎乎的，危险哟!

不怕的。去哪儿?

知花往车里一瞧，除了副驾驶席上的一日出，后排座上还有春寿和胜行。春寿说是去洗澡、洗澡。

洗澡?

今天是伯伯他们值夜班,叫我们趁这时间洗澡去。知花也去?还能坐一个人。

这……不了。奈奈绘也去洗的?

嗯,我倒是不留宿,不过洗就洗吧!说是温泉。

又一辆车开来,跟在奈奈绘车后。驾驶席上闪出纱重。副驾驶席上坐着丹尼尔,抱着秀斗。

那么,走喽!奈奈绘开车向前。跟在后头的纱重开的车也在知花身旁停下。打开车窗的纱重同样问道干什么呢。

打个电话。纱重姐也去洗澡?

是的。我本来不想洗的,可大家都喝酒了,说没人开车。知花也去?

不了不了。知花和刚才同样应道。然后向副驾驶的秀斗打招呼:阿秀,你也去?去洗澡?

本来想哄他睡的,但丹尼尔说他也要去洗澡。

不也蛮好的吗?毕竟很难凑在一起的,一家三代……这么在后座已听得出醉意的腔调说话的是胜行。旁边坐着父亲宪司。

胜行姑父本应坐前面的车，知花心想，刚才那里就有个人，错以为是其他亲戚。胜行接着说了一句：居然三代一起泡温泉。

去吧！她对胜行说。

多让人高兴啊！是吧，丹尼？

和谁打电话了？纱重以只有知花才能听见的小声问。那个他？

知花默默摇了摇头，而后问胜行旁边的宪司：妈妈她们留下来了吧？

宪司说今天是男人们值班看守香火，这就去附近的那家澡堂，有温泉喷出来了，都说水好得很。可是只营业到晚上九点。如此慢慢吞吞说了起来。父亲说话啰嗦，又慢吞吞的，显得心焦气躁。

已经八点五十了哟！知花窥看车里的钟说道。

纱重说刚才打电话了，答应推迟一会儿。洗吧！她说，喏，姑父他们常去那里，也好像知道今天守夜。

噢！

到底是那样的啊！宪司再次以慢吞吞的语声插嘴道。毕竟是服丧人家，不好和其他客人一起，是吧……

是有这样的习俗吧……

知花心里想，好了好了，快去吧！她没有理会喋喋不休的宪司，转而对纱重说：醉了还洗澡，不要紧的？

嗯？

丹尼尔今天也通宵？她问纱重那边的丹尼尔。丹尼尔应道是的哟！纱重一口打断：瞎说，回家，我们！丹尼尔说倒是预定回家的，可我提出我也想留宿。

不也可以的吗？丹尼要留就留好了！胜行从后排座说道。宪司也在旁边点头唔了一声。

瞧你！纱重蹙起眉头嘟囔道。又对知花说，那好，我们走了。知花说开车小心！说着挥了下手。纱重没有启动车，又说了起来：我说，守夜的时候去温泉，是不是不大正常？毕竟不是旅行！

的确。喝酒，泡温泉，活像旅行。

是啊！不过嘛，在墨西哥，葬礼就是一种节目。丹尼尔说。

墨西哥。

墨西哥嘛，治安糟糕，一个劲儿死人，是吧？可葬礼还是一种节目？

悲伤是悲伤，节目还是节目，丹尼尔说。

可这里不是墨西哥。

呃。

丹尼尔又没去过墨西哥。也罢，与其哭哭啼啼，莫如大家闹闹哄哄的好。再见！纱重开车走了。尾灯在通往河那边的路上渐行渐远。拐过一个小弯，车闸灯在下往河边那里闪了一下，往左拐去不见了。那个红灯，想必是纱重踩闸闪亮的。灯便是那样为了对活着的人的行为做出反应而闪亮的。例如那颗星星也是。知花仰望夜空，目光锁定一颗适当的星星，再次把贴在屁股上的手机放在嘴边。一家三代泡温泉，不是很让人高兴的吗？她模仿刚才胜行姑父的口气说道。

胜行姑父？

怕是没电了，知花心想。哥哥在电话另一头说道。嘴里吧唧吧唧吃着什么。

说是去洗澡。

啊，是去那个地方。

不知道。

车站对面的。

哥哥，加上哥哥的孩子——三代人泡温泉这种名堂，往后自家父亲能做到吗？知花心想。或者莫如说今天和日后从一旁看见胜行姑父拥有的这真真切切的幸福，父亲会做何感想呢？哥哥往下能让父亲品尝如此这般的孝行吗？

今天因是外祖父忌日而没上学，两人早上坐宪司开的车离开横滨，大约两小时后到了外祖父家。哥哥说不参加守夜。知花对此丝毫不觉得惊讶。

莫如说如他表示参加，自己反倒惊讶。虽然对哥哥的所思所想一无所知，但无论哥哥做什么知花都不以为奇。小时四目相对的一瞬间陷入兄妹一体感的故事自是纯属谎言，但的确有这样的体验，一种作为知花能预想哥哥的所有作为并且哥哥实际也是那样做的说明而制造出来的体验。虽说能够预想，但也并不意味着事先猜中或说中了什么。举例说，听得哥哥要去外祖父家住的时候和不参加守夜之时，自己意识到自己本来知道哥哥会那样做。那不是预想的哟——如果有人这么说，也许如其所说。因为自己觉得知道的心情是那么强烈，以致根本没能认为出乎意料。至于哥哥往后会不会结婚生孩子、会不会抱着孩子和父亲一起泡澡，知花不知道也不明白。不过，知花还是断言自己知道那种将来。差不多知道。怎么说的来着？好比上课当中感觉自己看见过：啊，是这个！

déjà-vu[①]？

啊，是那个！一种预见，déjà-vu 的预见。

接到外祖父病危通知是在昨天下午。母亲多惠接到通知即乘电气列车赶去娘家，赶上了傍晚的临终。知花接得的病危通知是上课时看到的电子邮件，去世通知是放学后在父亲的电话中接得的。父亲说可能当天去埼玉外祖父家。但回家换好衣服装好旅行包正在等待，父亲回来说守夜是明天，明天早上去。

那天晚上，知花在两相隔开的场所回想现已确实死去的外祖父。知花也好父亲也好，都有度过一个特殊日子的心理准备。知花出门买平时自己不买的晚饭用料，用冰箱里剩的东西做了蘑菇意大利面。

---

① déjà-vu：法语。既视感，感觉上似曾相识。

辣椒[1]。

辣椒？倒是听说过。蘑菇，很多。从生口蘑，这个是食用伞菌？

食用伞菌。但一般不用。蘑菇。哦？

一般说来，辣椒里面不放蘑菇。

上面无所谓的交谈，外祖父去世当天的确进行来着。知花那天晚上一边泡澡一边回想。的确发生过的无所谓的事怎样才能留在这个世界上呢？还是因其无所谓而被忘却、迟早消失不见呢？肌肤感觉到的——大概肌肤内里也会感觉到的——洗澡水的温度或者热度、温煦，外祖父的身体已经感觉不到了。知花一边看着透明的洗澡水一边想道。洗完钻进被窝后仍在回想刚才的交谈内容。

后来把煮好的意大利面移到放有调味酱油和配料锅里搅拌时，知花又不知几次想起那次交谈，回想外祖父去世当天的交谈：就算没有蘑菇，就算不是辣椒？父亲这傻里傻气的问话，以及十七岁的自己像开导小孩子似的告诉父亲不放蘑菇。

不久，知花开始不知不觉地心想父亲死时也会回

---

① 辣椒：原文ペペロンチーノ，音译意大利语。

想这样的会话。但是，那时果真会不拿装有意面的平底锅就能想起那段交谈内容吗？

爸爸死了，灵柩里放平底锅也可以的？

哦——放哪门子平底锅嘛！别别！

就放！

不行！平底锅烧不了的。身体没了，骨灰里就剩一个平底锅，傻不傻啊？

哈哈，知花笑道，那么，放意面可好？她在心里想道，对呀，把爸爸的骨灰，用平底锅炒一炒！

至于和外祖父生活了八年、离外祖父最近而现在也应该还在那里的哥哥怎么看待外祖父的死，知花这天全然没想——用不着想，总会知道的。所以，哪怕现在再想再琢磨，怎么说好呢，也是没办法的事。就像 déjà-vu，发生时注意就是了，别无他法。

知花睡不着觉，下了床，转到黑乎乎的起居室，从电冰箱里拿出一罐啤酒，坐在沙发上喝着。耳边微微传来卧室里回响的父亲的鼾声。

高中生了，不是不能喝酒，也不是完全没有喝过。她不怎么喜欢啤酒，但这时身上觉得格外受用。从喉咙到肚子，又到脑袋。碳酸之外有一点点苦涩，酒精轻轻上来，感觉上似乎浑身上下无所不至。

房间墙壁“啪”响起一声。只此一声，别无后续——无法说明这声音是不是外祖父的什么。比方说那颗星星。知花来到会场外院子仰望天空时认定了一颗星星。虽然谁也不能证明那颗星星是外祖父生前的什么现在也在发光，但她没办法阻止自己推想那种可能。是吧？

唔。

对于知花的念头和想象，哥哥在电话中总是给予肯定。不知到底哪里到哪里是电话中的交谈，哪里到哪里是自己脑袋里的东西。果真打电话了？哥哥果真在电话的另一头？很值得怀疑。感觉上似乎不过是自己脑袋里的自言自语，是假想性交谈对象。随即全都消失不见。声音也好语言也好，统统荡然无存，无论那边还是这边。为时不久，哥哥死去自己死去，谁也不知道是否真有那样的交谈。哥哥仿佛多年未见的人。

知花挂断电话，在会场入口脱掉劳发鞋，走去大厅。从约略变少了的醉酒客当中穿过，确认还剩有不算少的食物。困惑的是怎么拿去哥哥那里。她一度走出大厅,走进供水室看有没有塑料盒什么的。走进一看，凉太倒在扔着很多烧酒饮料空罐的地板上。

6

时过九点，这里那里仍有客人没走。看来，并没有因为今天守夜而延长营业时间。浴池方面大概没有像宪司说的那样有意回避守夜客人，但门口出现那么多身穿丧服的人，大厅的氛围毕竟一下子变得非同寻常。

啊，服部先生，负责接待的中年女性说，刚才接得电话了。

迟到了，对不起！

哪里，倒是九点截止，但迟一点儿没关系的。老伯去世了，遗憾啊！这里也时常光临来着。

秀斗给纱重领去女界了。春寿、一日出、胜行、宪司、丹尼尔五人在脱衣场各自脱去衣服，拿起毛巾进入浴池。

除了他们，浴池里已有六位客人了。浴池不大，五人下去，马上有些挤了。墙壁那里正好能排五个人，春寿他们并排坐在那里，开始洗头洗身子[①]。

浴池有两个，一个在室内，一个露天，用玻璃窗隔开。室内浴池泡着三位先来的客人，露天的有两位。另一位在露天浴池的石板上睡得像死了似的。

室内浴池的三人中，两个是年轻人，并排泡在水里。肩头和双臂结结实实，脸晒黑了，都披着染成褐色的长发。似乎在谈工作。细节和专业术语固然听不懂，但因为谈到工期和地基之类，得知是建筑方面的。

另一位是秃脑袋中年男人，像躺在船形浴盆里一样伸直身体，闭目合眼。

冲洗场的五人的背部都有个性，加上洗身子的顺序和动作，每人的特征就更明显了。

最引人注目的，是坐在靠近入口右侧的丹尼尔，只有他后背色泽光亮，头发也是金色。肩和后背也比其他四人大一圈。往热气蒸腾的对面打量那后背时，

① 日本公共浴池，进入浴池之前一般需先坐在墙壁下端排开的水龙头跟前清洗全身。

较之压迫感和违和感，反倒更让人产生亲切感。这是因为，用洗发液洗头也好，用沐浴液洗身子也好，那动作总带有几分娇柔，既有男人气又不无女人味儿，而这同他的高大身躯很不相符。上身大、腰围和臀部小这点也愈发加强了这一印象。

丹尼尔旁边坐着宪司，接着是胜行。脸形相似的这两人后背也很相似，没有血缘关系却一模一样——这一谈资不单单来自长相，个头和胖瘦等体形的相似也可能起了很大作用。话虽这么说，大小相似、形状相似的后背也使得洗发和洗身子的方式变得截然不同。宪司独自把自带的毛巾放在水龙头上面，用手把固定在墙上的沐浴液搓出泡沫，直接用手心打在身上。臂、肩、背、臀、腿，依序用双手搓洗下去。对不怎么起泡沫的部位直接放了过去。而后又按一下沐浴液泵，开始同样洗头发、洗脸。全身洗毕，把桶里的水从头顶泼了两三次。

旁边的胜行呢，头发也好身上也好，反正都洗得快，毛毛糙糙。头发几乎只用洗发液按了一下，没等起泡沫就用喷头冲光。身体也差不多没打沐浴液，用毛巾来回过一遍就马上用喷头一冲了事。随即迅速起身，拍一下屁股跳进浴池。

五人当中，只有一日出和春寿两人是血脉相连的亲兄弟，但长子春寿和末子一日出之间相隔十六年之多。一日出从小就喜好运动，体形紧绷绷的。今年四十四岁，而看上去更年轻。另一方面，迎来花甲的春寿身体虽然算不得过胖，但毕竟全身上下堆积了过多的脂肪，背部有了显眼的老人斑和血痂痕迹，离远看去也很显老。洗身子的动作，一日出轻快敏捷，春寿因为醉意的关系，磨磨蹭蹭，刚才就一直在搓同一部位搓个没完。

啪！浴池上方响起拍手的声音。从天花板和隔墙之间有空隙的隔壁女界传来的。啪！又响了一声。爸爸！秀斗的声音回荡开来。在这儿！丹尼尔从浴池里应道。

不知道他会日语的其他客人听出他的语声有英语味。他继续下文：阿秀，身子，能洗好吗？他同样朝墙上空隙说道。

也是因为多少意识到了，他觉得在这种公共场合还是尽快让周围人知道自己懂日语为好。倘默不作声，人家会以为自己不会日语，从而对自己做出意外的分析和反应。尽管对方并无恶意，但事后会心生不快。大凡在海外生活的人，多多少少都能感同身受，而且丹尼尔对不时遭遇的尴尬怀有极度的恐惧感。倒也不是说有什么难堪的经验，反正他害怕尴尬。

听得丹尼尔的应答而惊愕的，是对着安在室内浴槽的喷头冲洗后背的胜行。这是因为，丹尼尔和秀斗，加上自己——三代人泡在同一浴池这一喜悦，尽管自己刚才说过了，但现在才意识到秀斗被纱重领去女界了。

能——洗——秀斗的语声从隔墙那边传来。接着传来的是秀斗的笑声。胜行听了，昏头昏脑地想道：糟了！

泡进浴池的宪司凑到胜行身旁，问多大了，胜行答说五十六。

不，我问孙子。

啊，今年三岁。

一日出朝两人以目示意，从室内浴池走去露天浴池。

春寿洗完身子，也没进室内浴池，直接走到外面。

这样，最后离开冲洗位的是丹尼尔，他把折为四折的毛巾顶在头上，一只手挡在前面往浴池走去。阿秀，你是男孩儿，却进了女浴池！为什么？他朝着隔壁上端空隙招呼道。

但女浴池没有回应。估计秀斗也去了露天浴池。丹尼尔不知如何对待自己发出而无回应的招呼声，做出既像困窘又像好笑的表情，低声说道失礼了，边说边从胜行和宪司旁边泡进浴池。哦——好烫！

五个冲洗位上一个人也没有了，刚才还坐五人的小凳一字排开。一日出和丹尼尔坐过的那里，小凳上放着倒扣的水桶。

守规矩的人！

宪司对胜行说罢，嘟囔着对丹尼尔说道。丹尼尔说人家告诉我完了要那么做。

做得好做得好，那是对的！胜行和宪司异口同声。

有好女婿才有好儿子，是吧？宪司对胜行说。胜行笑笑，未置可否。丹尼尔领悟两人交谈的语感，现出半是羞赧半是自豪的谦恭神色。

如果刚才知花的情思传递到这里，那么会不会发现胜行对宪司之语的羡慕、对儿子美之的复杂感情呢？不过宪司好像别无他意，说了声我也去外面一下，就从室内浴池里上来，走到露天的那边。秃脑袋中年人和一对年轻人已经上去了。墙上挂钟已转过九时十五分。室内浴池只有胜行和丹尼尔了。

浴池、地板和墙壁下半端都是仿石花纹，墙壁上半端也贴着藏青色瓷砖。灯是长形荧光灯，安在同女界相连的墙壁空隙部分的天花板上，横跨男女浴池。虽然浴池的上面有几个球形灯，但场内照明总体上亮度不够，加上墙壁颜色深，显得有些昏暗。

时值十月，外面还不那么冷，场内也不凉，所以水汽淡薄。泡在浴池里的，除了两人别无他人，气氛随之沉静下来。水汽从两人的视野中彻底消失，视野清晰起来。

胜行注视什么也没有的正面。跟踪其视线，那里有冲洗场，但他并没有看那里。视野里的确有以冲洗场为中心的浴池整体光景，但这光景只是反映在胜行眼睛里而已，此刻谁也没看那光景。胜行感觉自己像水汽一样笼罩着整个浴池，从墙壁顶端窥看空无一人的女界，又穿过玻璃窗跑到外面，就那样赤身裸体在夜空中不断攀升。外面的空气有近乎温吞的湿度，赤身裸体也没有多冷。也许因为醉了，热啦冷啦那样的感觉迟钝起来。不过，顶多能做距地面几十米的低空飞行。说飞行也好浮游也好，或许都不过是痴心妄想罢了。何况如果默不作声，只能泡在浴池里怔怔发呆。

向下看去，有树林、田野，有三三五五的人家和其间穿行的宽窄道路。蜿蜒流淌的河水到处留下轮廓粗疏的河中湿地，将大地大大地一分为二。胜行不断微妙地升降，以便锁定正好适合鸟瞰并非自己出生之地的这片社区的高度。不知何故，重力正常起作用的阳具随之笔直地下垂，迎风摇动。横向摊开的双手无谓地搔着虚空，抓取仅有一点点压力的空气而又放开。

丹尼尔看着微波起伏的浴池表面，看着在透明的水中摇来摆去的自己和胜行的下半身。同时意识到今天是为妻子的外祖父举行葬礼的日子。他不知道守夜之日骨肉至亲们以看上去不怎么悲伤的样子泡温泉这件事，作为日本的习俗在多大程度上是普通常见的。自己倒也罢了，而对于外面浴池里的春寿来说，则是他亲生父亲的葬礼之日。

对于旁边的胜行，故人是他的义理父亲[①]。丹尼尔心想，义理这一字眼下面连接着父母兄弟，这点很有意思。

这一字眼含有怎样的感情和距离感呢？对丹尼尔来说，胜行是义理父亲，吉美是义理母亲。纱重是妻子，不是义理妻子，就是妻子。但，思考时间里，就丹尼尔来说，深感自己同妻子纱重之间才是有义理这一感情的。

这样，自己同妻子之间的这种感情或许便是那样把自己和没有直接关系的纱重父亲、母亲联系起来，仿佛等同于自己的父母。不单单是父母。纱重的外祖父、舅父、姨母、堂表兄弟姐妹也是如此。纱重是独生女，所以丹尼尔没有义理上的兄弟姐妹。如果有，会觉得就像自家兄弟姐妹的吧？希望那样。和自己相差三岁的姐姐在美国，早就结婚了——因此，姐姐的丈夫就是义理兄长。但以前自己并未觉得姐姐的丈夫如同自

① 义理父亲：日语表达方式，即岳父。

己的兄长，可能仅仅视为姐姐的配偶。之所以如此，恐怕是因为姐姐同丈夫之间的义理不是直接作用于自己的。对于姐姐的丈夫，或许自己要亲近些。对姐姐感觉不到义理，自然对姐姐的丈夫也感觉不到——大概有些过于认死理了。

丹尼尔察觉，自己这么思索当中始终盯视着在浴池里完全一如往常静悄悄一动不动的胜行的阳具，于是赶紧移开视线。对于成长过程中没有如此泡澡习惯的丹尼尔来说，这种在公共浴池赤条条把身体同别人泡在同一浴池里的行为，至今仍让他有某种抵触和违和感。不过并不怎么厌恶。反倒觉得伴随着些许快感。温泉和浴池都喜欢。但是，每次这么泡澡都有一种意识：自己是外国人，和周围同时泡澡的日本人多少有所不同。

但另一方面，久居日本、和众多日本人接触并且和纱重这个伴侣朝夕相处的丹尼尔，又具有不妨称为确信的东西——之所以自我感觉是外国人，说到底，是因为觉得若剥掉表皮，日本人也应该差不多。并不是说能够举出证据，仅仅是经验所使然。表皮大体是语言，剥掉诚然有难度，但只要抓住诀窍，就意外容易。

爸爸！丹尼尔招呼胜行。迄今只是遵从习惯这么招呼，现在则作为含有义理之词在前的称呼说出口来。这对于丹尼尔含义截然有别。爸爸在吉美身上可感觉到了义理？

义理？胜行神情不无困惑。义理？他嘀咕道。义理嘛，说着，胜行再次注视虚空。

浴池边缘有龙首形雕刻物，从口中不断往浴池里吐水。嘟嘟嘟嘟嘟，这始终在场内回响的水声，在交谈间歇听来才成为背景，两人因之意识到在这只有你我的浴池场内，其他声音概无所闻。

说的很有意思嘛！义理，是义理吧？倒也是啊，感觉到了义理。

到底感觉到了？

嗯，有那个感觉。说罢，胜行把嘴闭成弓字沉默片刻。随后在水里朝丹尼尔转过身，这个嘛，他说，感觉这个说法够尖锐的。把义理看成感觉到的东西，了不起啊！

丹尼尔起始做出不解其意时的表情。少顷，啊——

低低发出声来。不说感觉到了义理的？

不说，倒不是奇怪，但不说，不怎么说。那么，一般说什么？胜行一下子反应不过来，以晕晕乎乎的脑袋思考一番。履行义理，他得出结论。

履行？

是的，履行。

噢，听说过。原来是说履行啊！

丹尼尔好像明白了什么意思。那么说，较之感情，义理这东西更是通过关系性而自动产生的——他得知一般人倾向于这么把握，于是小声说了句义理人情。

由于又醉又热，胜行已不耐烦考虑这个了。丹尼尔，我们不也去外面？

好！

7

浩辉和凉太的父亲宽没有出席今晚的葬礼。五年前就不知去向了。两人的母亲、宽的原妻理惠子在离婚前八年就联系不上了。两个孩子在宽“蒸发”之后，在祖父春寿家生活。

宽“蒸发”的前兆或预兆多少都有。所以好长一段时间谁也没有注意到宽的“蒸发”。即使知道“蒸发”了，也没多少人吃惊。这以前就有好几次一两天不回来也没联系。

当时浩辉八岁凉太七岁，一家三口住在板桥一座公寓里。父亲不见了以后两人也生活了一个星期。照常上学，晚上两人吃杯面。父亲总在抽屉里放一张千圆[①]纸钞，吩咐有什么就用这个！此前父亲几天不回

① 千圆：日圆。一千日圆相当于人民币六十圆（2018 年 8 月）。

来时，兄弟俩就用这钱去买食物。所以这时也因为家里没吃的了而又去附近便利店买杯面。迄今最长也两天就回来的父亲,这回五天也没回来。买东西钱花完了，心里害怕的浩辉当晚给祖父春寿打电话，于是大家得知宽“蒸发”了。

不管做什么工作都做不长久，大凡亲戚没有没被他借过钱的。亲戚以外也借，不知借了多少人。相比于一日三餐，更喜欢赌博，尤其好喝酒。喝醉了就极没耐性，发起火来就乱来，无可救药。还搞女人。即使不醉也有暴力倾向，不管是妻子还是孩子，非打即踢。但不醉的时候几乎没有。那是酒精中毒！岂止酒精中毒，还有毒瘾。眼神都不正常。一看就知道。没钱还老买贵东西。而且全都是可有可无的东西：太阳镜、戒指、项链等装饰品，还有电吉他、室内健身器材、高性能吸尘器。其实那家伙根本不会弹吉他吧？闹到最后，还提出想买车。没钱还要买进口跑车。车也好摩托也好，十几岁开始就胡乱玩个不停，事故不知出了多少次。驾驶证早都停了，买车又有什么用？

总括亲戚们的话，宽就是这样一个人。全都是糊涂账。哪个都不是编造，但哪一个又仅仅是其一面。吉他什么的没买，车也没买，驾驶证也没失效。宽是个温柔的普通父亲。

心情好的时候，或是胳肢浩辉和凉太或是举起他们逗他们笑。因为那要持续很长时间，结果两人都笑过头了，笑得肚子疼。周末还领两人去玩，说笑话逗他们。时不时设一个只对浩辉好的日子，去浩辉喜欢去的地方，让浩辉吃喜欢吃的东西。那时凉太也一起领着，凉太的愿望也多少问一下。干了坏事，固然大发脾气，但原谅时就使劲抚摸两人的脑袋。这一来，浩辉也好凉太也好都很高兴，心里踏实。喝了酒倒是有时要酒疯,而不要酒疯时则显得喜气洋洋,笑了又笑。普通父亲说的那种不文雅的说不出口的话也偷偷说很多。肩和背部足够宽大，紧紧一抱，正好把两个孩子收在怀里。不妨认为比哪一个同学的父亲都和蔼可亲。诚然，任何父亲都和蔼可亲，比宽挣得多、脑袋好使或不被周围人说三道四的父亲也是有的，但整个看来，孩子们认为宽是相当好的父亲。

回想起宽的好处，浩辉和凉太都寂寞得哭了，但都不让对方看见自己哭的样子。倒不是说定了那样的规矩或守则，反正就是决心不让哥哥或弟弟看见自己的哭。两人都觉得宽消失去了哪里，知道爸爸可能不回来了。即使这样，也都毫不惊慌，认为这样的情况也只能接受，一如三年前母亲消失之时。

事关两人的培养，宽拥有全权。虽说离婚后概无联系，但春寿掌握浩辉他们的母亲理惠子的联络方式。犹豫到最后，心想宽未必没去理惠子那里，一咬牙给理惠子打了个电话，结果电话号码也不再用了。明知希望渺茫，也还是去听得的公寓探访，但那里住的是耳朵不好使的老者，说不知道什么理惠子。

春寿和妻子美津子把孙子浩辉和凉太接来浦和自己家里，开始一起生活。在初中教社会课的春寿，以此为契机转年调到时间负担少的市教育委员会。浩辉和凉太从板桥转到浦和的小学。

无论对新的小学，还是对同祖父母的生活，两人都顺利习惯下来。亲戚们从旁边看了，也都放下心来，而又每每感到不忍。议论说正因为两人都没体验过温暖的家庭氛围和父母的关爱，所以对任何状况都能有很强的适应能力。其实温暖的家庭氛围也好父母的关爱也好，两人都并非不知道。不过是新的地方、在祖父家的生活、新的学校让两人觉得新鲜快乐罢了。父母消失的孤寂，以完全不同的形式每天夜里朝被窝袭来——没人知道每天的这段时间，只管信口开河。

浩辉和凉太尽管相互不出示流泪表现，但钻进被窝闷声哭鼻子的动静，还是听见了好几次。现在也能马上想起，长大成人后也肯定不会忘记。

给兄弟俩住的十张榻榻米大小的西式房间，是往日宽和弟弟崇志用的房间。到处贴着贴纸，有的已经剥裂。有很多涂鸦和刮痕的收纳箱从宽他们小时候就在那里，里面装有文具和玩具什么的。原本颜色鲜艳的毛毯，如今晒褪色了，脏兮兮的，看不出原来的颜色。这张毛毯也不例外，从宽使用这个房间时浩辉就知道。于是父亲还是孩子时的情形突然变得亲近起来，心里一阵动摇。想到父亲可能也曾在同一房间里看和此刻自己所看的同样的景色、考虑同样的事情，即刻觉得自己出生前的时间陡然挡在眼前，涌起不祥的预感。可是，为什么预感会不祥呢？即使不能说令人欢欣鼓舞，也不应该为想到父亲的少年时代而产生不祥之感——为什么这样呢？

你们应该再清楚不过，亲戚们想必会说，那是因为你们的父亲的未来是不幸的，所以你们也将被卷入不幸之中。然而，浩辉也好凉太也好，全然不晓得他们所说的不幸究竟指的是自己的什么。或者只有自己不晓得，而那种不祥的预感正是他们所说的不幸本身不成？不，不然，那些企图以不见实体的不幸之名将父亲和自己捆绑在一起的家伙才是之于自己的不祥。

一天夜里，浩辉爬出被窝，走出自己房间，在走廊里蹑手蹑脚地走动。无论多么放慢脚步，地板还是一步一响。他走下楼梯，悄悄走过祖父母睡觉的和室[①]，走过厕所，走过浴室，起居室也走了过去，看样子正往厨房走去。走廊漆黑漆黑，地板和墙壁的分界也看不清楚，但他毫不犹豫地移动脚步。走进厨房，同样顺利地走到电冰箱跟前，静静地拉开门。电冰箱里灯亮了，把往里窥看的浩辉的脸照成橘黄色。他拿出一罐易拉罐啤酒，把门轻轻关上。而后就那样站在一团漆黑的厨房里不动。淡蓝色的睡衣在黑暗中隐隐

① 和室：和，大和，日本。铺有榻榻米的日本传统样式房间。

泛白，但脸看不见。随即响起拉罐盖的动静——他就那样站着喝啤酒。

此刻手中的，真的不是果汁、不是茶，而是啤酒？

小小的身体慢慢地、但不离嘴地喝个不止，喉咙每隔一定时间响一声。声音很小，让他再次意识到自己身体的小。不大工夫，浩辉喝光了一罐，把罐放在洗碗水槽上面，罐发出确实空了的声音。浩辉长长吐了口气。接着，他拿起厨房角落地板上放的一升装的清酒。随着低低的空气音，瓶盖开了。仍像刚才那样，或者莫如说以比刚才豪爽的、多少带有开玩笑意味的姿态，仰面朝上，双手捧起一升瓶子，开始嘴对嘴喝了起来。遮光瓶反射着某处微弱的光亮，在黑暗中显得红黑红黑的。他那双手捧瓶的样子很像小号手。难怪人们称为“喇叭饮”，他不由得心有所悟。

浩辉的夜酒每月发生数次。春寿察觉夜半足音，偷偷往走廊一看，浩辉在走廊里移动的样子，与其说出于本人意志，莫如说好像被什么牵引着。第一次发现浩辉在厨房喝酒时，春寿抄起一升装酒瓶条件反射地朝他头上砸去。然而是浩辉对盛怒的春寿毫不介意，去厕所小便，重新爬上楼梯，返回儿童房间直接睡了过去。

领去医生那里，诊断怀疑是梦游症，但浩辉觉得一切行动都是在明确的意识下采取的。可能纯粹是想喝酒，一度尝过滋味，就一发不可收拾了。当然，因父亲不在而在祖父家生活造成的心理压力是有的，但并非茫然自失地向酒伸出手去，而是以明确的意志喝酒的。越想越只能这样认为。可是医生和亲戚们不屈不挠地想认定为精神疾患，想可怜浩辉。不管怎么矢口否认，也还是说那不过是他的错觉罢了。既然那么说，就随其说去好了。归根结底，反正他们不相信我，我也不相信那帮家伙。

在成为初中生的现在，浩辉已不怎么在意春寿和美津子的眼神，一星期有好几次睡觉前在厨房喝罐装啤酒和日本酒[①]。现在看到弟弟凉太喝倒在供水室、被抬到大厅一角躺在被褥里，浩辉也并未感到什么责任。

必须注意才行！浩辉心里想道。现在我对凉太没有产生责任感。而若产生，那帮家伙说不定要问责，说凉太变成这样子是因了自己的影响——他害怕这种

① 日本酒：一般指日本清酒。

麻烦事。正因为害怕，才不愿意考虑自己的责任，才不愿意认为那可能多少与己有关，不愿意几年过后自己长大成人的时候忘掉此时的所思所想，而反思自己当时曾感到对凉太醉倒负有责任。

大家担心凉太急性酒精中毒，但他在被崇志抱起护送当中醒了过来。快嘴快舌地说自己只是在供水室喝罐装烧酒饮料喝困了，但毕竟像是多少喝过头了，结果糊涂起来。浩辉心想凉太时常那样说梦话，和平时没什么两样，用不着担心。如此想着沿走廊走进供水室，见知花在洗碗槽横头往塑料盒里装寿司和菜肴。

干什么呢？

啊。

带走？

嗯。

你今天住哪儿？

可能住外祖父家。凉太不要紧？

想必。

浩辉打开电冰箱往里看了看，什么也没拿就关上了。又打开地板上放的冰柜，从浸在冰水里的瓶装啤酒、塑料瓶茶饮料当中取出一罐易拉罐啤酒，坐在盖好盖子的冰柜上喝了起来。

知花默然看了他一眼，继续往塑料盒里装寿司，然后把三盒分别套上皮筋，摞着放进旁边的塑料袋，又把袋子绑好，不让里边的东西动来动去。让一下！她让浩辉站起，从冰柜里取出两罐易拉罐啤酒，用洗碗槽旁边的抹布擦去水汽，往校服裙左右两个口袋各装一罐。

走了！朝浩辉说罢，知花走出供水室，沿走廊走到外面。

8

宽下落不明有五年了，这固然是众所周知的事实，但亲戚之间大体可以确定他待的地方，不知他本人是否知道这点。他时而变换住所，或返回原来的地方。但有关宽每次引起的事件或麻烦事的消息和咨询，总是通过第三者传到亲兄弟中的某人那里，自然而然得知他的近况。

莫如说唯独住所明确之前的失踪情况全然无从知晓，亲戚们不知道他平时干什么。

或许是那样的——不过事到如今再这么说也无济于事。假如我们亲戚多注意他一些，或者能防止其失踪也说不定……

也是因为没闹出什么重大事件，所以兄弟们决定置之不理。本人没有联系，何况原本是本人希望“蒸发”的。就算回来了，也是种种麻烦当头。既然这样，就不必主动联系或特意前去探望。这样的意见已在亲戚中形成共识。类似这样的婚丧嫁娶集会，或者用电话什么的相互联系的时候，往往在谁和谁之间三言两语小声提起宽的事。即使不提宽的名字，而只要不由自主地身体前倾或蹙起眉头，抑或通过以手挡嘴压低嗓音等做法，也可明白那是在说宽。听的一方也采取同样的姿势和表情。那分明是自觉共同拥有麻烦亲戚的一瞬间。一方面似乎为之厌烦，另一方面又约略在心中感觉出一种活力——此刻真真切切在厌烦那个令人厌烦的家伙。

对于宽的亲生儿子浩辉和凉太，以及年龄还小的堂表兄弟姐妹，大人们每每隐瞒传闻的宽的近况。但小孩子们也不是傻瓜。无论大人们多么一口咬定下落不明，他们也隐隐觉察宽的下落并非完全不明。但明确说出口来到底有所犹豫，所以默默佯装不知。

在监狱里。

成了流浪汉。

死了。

再婚有了新家。

人在海外。

孩子们心中关于宽的现状的想象各种各样。但由于大人们的缄口令而守口如瓶，哪一种推理都缺乏根本性根据。或者莫如说大人们也并不拥有确凿无误的信息。从道听途说的消息中推测的宽的近况，和孩子们的想象同样众说纷纭，无法获得最终结论。

在监狱里。

成了流浪汉。

得病住院了。

再婚又离了。

人在冲绳。

相互交换各自听得的信息，检查哪条消息最准最新。好像被捕了，但仅仅拘留了几天，没进监狱。此外比如在东京住了院而后好转，正在冲绳疗养。不不，听说在冲绳住的院。跟踪追女人，和冲绳的女人再婚了！

说千道万，宽后来如何始终不明不白。说是后来，其实宽失踪已是五年前的事了。本来宽一家就很少跟亲戚们交往，所以还是学生的堂表兄弟对宽几乎一无所知。

标明为孙辈的花圈现在也摆放在停有灵柩的大厅的祭坛上。并非孙辈摆放的，而是殡仪馆准备的。下落不明的宽也肯定包括在里面。若是多少了解内情的人，从那花圈标明的“孙辈”字样，既会想到宽，又会看作现已无从确认的故人对于宽的挂念。还会想到对另一个问题孩子的美之——他和宽相反，以最近的距离陪同故人度过了晚年。这两个孙子都没来参加葬礼。

孙辈共有十人。

年纪最大的就是刚才说的宽。如果活着，估计三十六岁了。他的弟弟崇志来参加葬礼了，最小的弟弟正仁则如崇志刚刚说的，在鹿儿岛，今天没来。崇志三十二岁，正仁三十或不到三十岁。拉着春寿他们去洗澡的纱重二十八岁，尽管同故人在一处生活却未来参加葬礼的美之二十七岁。美之的妹妹知花十七岁，兄妹之间差十岁。这里也是把孙辈直接一分为二的峡谷。就是说，从宽到美之的五人是成年人组，未成年组除了以十七岁的知花和英太为大，接下去，英太的妹妹阳子十五岁、森夜十四岁、海朝十三岁。前不久这下面的五人也被称为小鬼、小鬼帮，但如今已不再是那样的年龄了。最下面的海朝和宽的长子浩辉同龄。浩辉的弟弟凉太十二岁，现在醉倒了。纱重的儿子秀斗三岁，同浩辉、凉太为表兄弟。

十个孙子当中，除掉离了婚如今不知有没有再婚的宽，结婚的只有纱重一人。晚婚化倾向明显——倒也是一般社会倾向——纱重的丈夫丹尼尔，看上去今天以自己也是表兄弟的一员那样的感觉置身于亲戚圈中。丹尼尔三十二岁，和崇志同年。刚才两人还说着什么喝酒来着。

谁是谁，根本搞不清楚啊！

给八田这么一说，保雄笑着从胸袋掏出香烟叼起一支。摸了摸衣袋，也许放在宴会厅了，没找到打火机,就拿起香炉旁边的打火机点燃。蜡烛火苗因不安全，已经熄掉了。啊，那也难怪，我也不知道刚才说的对不对。

两人在灵柩和祭坛所在的大厅里。一起上厕所，又一起来大厅看香。香燃得差不多了，于是续上一支，就势坐在钢管椅上醒酒，两人似看非看地看着祭坛。八田问保雄刚才和自己说话的像是故人孙子的小伙子叫什么名字来着？叫崇志，保雄应道。随即絮絮聊起故人的孙子们。

八田只知道故人的五个子女，至于孙辈，搞不清谁是谁，孙辈的配偶就更不清楚了。但这家例外，因是外国人，一目了然。即使本以为了解的故人的子女，但其实心里也没底。以为此刻就在眼前的保雄是次子，在五兄妹中是老四，结果和三男即最小的儿子一日出顺序搞颠倒了。他一边听对方说话，一边猜想这个保雄是五兄妹中最小的。

那么，以年龄划分，倒是不能那么分为上一代、下一代，保雄一边对着祭坛吸烟一边说了起来。八田早已弄不清代际这种事了，只管点头听着。

世代划分方法，虽然自古以来就没有变过，但作为另一种划分方法，也可以分为地道的家伙和不地道的家伙。保雄说。

当然，不地道的家伙有宽和美之。尽管具体如何还不清楚，但感觉上，英太也似可加入其间。不地道的性质倒是和宽、美之不同，不过这一划分方法是自视地道之人眼里的方法，所以界限并不严格，不妨捏在一起。不管怎么说，地道的家伙会好好出席自己祖父的葬礼。鹿儿岛的正仁虽然缺席了，但毕竟远，没办法。听说正仁在鹿儿岛是认认真真做事的。做什么事倒是忘了。地道这一组有崇志、正仁、纱重。除却英太的少年们还暂且属于地道组。至于往下怎么样可就不知道了。知花也好阳子也好，学校功课和品行都是没问题的。不过那种学校生活表面上的东西，一年半载怎么变，那是说不准的。知花好像刚才和英太一起喝酒来着；阳子嘛，看那发型和校服穿法，小漏洞随处可见。裙子的长度、衫衣领口、头绳的结法、对襟毛衣的选择。当然，我不想一一指手画脚，没那个意思。只是，就像一般孩子所表现的，让我再次心想孩子可能因为一点点小事而偏离正轨或止步不前。不知道怎样才能阻止或预防那种情况。

怪不得保雄谈孩子的事，八田心有所觉，问道斜对面钢管椅子上手搭椅背、头放在上面的保雄的孩子是刚才说到的孩子里的哪个?

英太和阳子。

十几了?

十七、十五。

正是好年龄。

嗯。

八田你……话刚一出口，保雄发觉右手夹的香烟快掉灰了，本想磕在香炉里，但到底有顾虑，迟疑了一下。烟灰缸呢?他举起右手一动不动地四下环视。没有。

磕在那里不也可以的吗?八田手指香炉说道。这——保雄应道，也罢，爸爸，失敬了!说着，把烟灰磕在香炉里。

八田你，和我父亲同岁?

正是，总角之交。

那么，八十五?

不，今年八十六。

身体?

噢，到底吱呀乱响。说罢，八田直起靠在椅背上的身子，像困了似的双手揉眼。

啊，若说哪里都不糟糕，我倒有些吃惊。

每天自己打针。

什么针？

八田笑了，却因声音沙哑，没笑出来。糖尿病的。

胰岛素？

乳房都出来了，胀了。

啊，毕竟打荷尔蒙。

八田敞开背心前襟，挺胸给保雄看。乳房鼓起来了。

保雄再次把烟灰磕进香炉。父亲最后也吃药吃肿了，肤色好得出奇，有点儿像婴儿。

都说人最后要返回婴儿啊！

哪里，倒不是那个意思……

婴儿时快死又活过来的，是保雄你吧？

是我！

听说生出来时，一声儿也哭不出来，以为完了，死了。

嗯。保雄想把变短的香烟插在香炉里，转念作罢，起身去取烟灰缸。走廊对面有一位不相识的伯母走来，以不必要的大声说：哦，保雄你不是也去洗澡了吗？

哪里，倒是想去来着。

你今天也在这儿住下吧？

是的。

那么，去洗个澡就好了！

脱不开身的哟！

瞧你说的，啊哈哈哈。伯母笑着走了过去。

那是谁来着？保雄努力回想，不得而知。记忆中根本就没见过。既是来参加葬礼的人，长相总该有印象才是。

9

丹尼尔坐在露天浴池的长凳上，低着头，手放在双膝上。他把意识集中于仿佛漩涡的脑海中和两眼之间或太阳穴内侧，一再缓缓地重复深呼吸。

春寿、胜行、宪司和一日出不无担忧地从浴池里打量着他。

在露天浴池泡了不大一会儿，丹尼尔便觉得头晕目眩，从里面上来也无法径直行走，爬也似的移到长凳坐下。不知是喝酒的关系，还是晕堂造成的。

面对担忧自己的其余四人，丹尼尔反复说：毕竟温泉毕竟温泉嘛！春寿本想说因为不是普通浴池，而是含有种种效用和成分的温泉，所以是这类特殊东西导致的，结果却说道：喝过头了，傻瓜蛋！喏，你看，他指着前面的警示板，上面写道“酒后入浴务请慎重”。

可是春寿也好其他三人也好，都喝得彼此彼此。

休息一下就会好的，大家异口同声地说，丹尼尔也大大有了信心。他原本就喜欢洗澡喜欢泡温泉，并且晕堂症状本身也是知道的，但没想到会找到自己头上。一来迄今从未发生过，二来酒后入浴以前有过好几次。可问题是，若不亲身泡进那里，就不可能知道会发生什么。完全相同的温泉是没有的，这也正是温泉的魅力。丹尼尔想方设法以翻卷着漩涡的脑袋为把自己逼入窘境的温泉辩护，却又心想自己此刻的脑海本身就像是不断喷涌的温泉。何况今天是来参加葬礼的。

爸爸！秀斗的语声从隔墙那边的女界传来，看，星星！

四人不约而同地向上看去。那里的确有夜空，有星星。丹尼尔也想抬起低垂的脑袋，感觉上也确实向上扬起了脸，然而实际一动没动。眼前出现的仍是自己的大腿、搭在双膝的手背、遮掩胯间的毛巾。

阿秀！胜行大声招呼，你爸爸出毛病了！

因无回音，胜行再次喊道，你爸爸晕堂了！其他客人也都起身，隔着玻璃看见浴场挂钟显示为九时四十分。浴场人员已经开始清扫了。

怎么了？女界响起纱重的声音。

丹尼尔晕堂了！阿秀，快来帮忙！

哦，不要紧？继纱重的语声，传来秀斗叫什么的声音。阿秀，再不来怕不行了！胜行以不无演戏成分的悲壮语声说道。丹尼尔依然垂着脑袋，朝浴池那边转过有气无力的笑脸。

出来吧，别添麻烦！纱重说。但男界这边没人应声。仍在看天的宪司指着一个星星说：那是天琴座吧？

不大工夫，光着屁股的秀斗从浴场小步跑了过来，在清扫人员吃惊的目送之下跑到露天浴池这边。

阿秀来了！胜行从浴池里立起身说道。

那么跑，小心！丹尼尔仍坐在椅子上未动。

爸爸怎么了？秀斗靠上丹尼尔的膝部。不要紧？

不要紧不要紧！

从浴池可以看见秀斗转向这边的小屁股蛋儿，更小的鸡鸡在屁股间时隐时现。即使身体腾空，也不至于蔫蔫垂下来吧？活像胀鼓鼓的小鱼心脏。

10

一直坐在大厅椅子上的八田，不觉之间想起和故人单独外出旅行的情形。不是老人会的大巴观光。那时候两人还都在工作，大概是冬天或初春，两人坐火车去了北陆。

应该都已结了婚，都有了孩子。至于正当盛年的两个男人是以怎样的起因一起旅行的，一下子想不起来了。两人居然坐火车去了那么远的地方！那样的旅行前后仅此一次。

因此，想不起两人单独走在通往海边路上的缘由和经过。那是一条以敦贺站为起点的路。不仅缘由、过程想不起来，边走边看的景致片断和边走边想之事的内容也忘得一干二净。但轮廓或者空壳那样的东西留了下来。既然消失到那般地步，那么关于那次旅行的记忆也理应更为模糊，甚至到底去了没有都稀里糊涂。何况这样的旅行和事件不在少数。

走了多长时间呢？不知道，那里已经没有了时间感觉。既可以想象为不出十分钟，又能想象为好几个钟头。若看地图，或可大致判断得出。但归根结底，那里存在的是距离，不是那天的里程和时间。地图不至于记载那天如何停止、如何绕弯、如何迷路。然而重要的绝对是那个方面，所以看地图有可能抹杀记忆。绝对不看！

八田这样下了狠心。既然想不起来，那么想不起来也无所谓。已经那样忘了许许多多，甚至对忘却本身都已浑然不觉——既有很多这样的记忆，又有可能至死都不会记起的记忆。换个角度想，那比忘却还要残忍。

所以，想起什么固然让人高兴，但并非要想得那么详细。详细了，势必说谎。话虽这么说，既然具体场所如此这般触动意识，那么情愿也罢不情愿也罢，记忆都要开始自己发掘记忆，努力填埋空白和缘由。尽管明知多此一举，却偏偏控制不了。

两人最后走到的地方，是敦贺湾对面的气比松原。那是个还冷的季节的早晨，携带松林绵绵伸展的海岸几乎不见人影。两人在靠近水际线的沙滩坐下，眼望大海。

天空到处是云，雨虽然没下，但阴沉沉的，低低地罩在头顶。左右开阔，但见半岛铺展开去。岛上，林木覆盖的低矮山峦一座连着一座。或许因是海湾以内，波涛在靠近沙滩的地方静静起伏，远看如湖面一般平静。因是阴天，海面色调也是暗绿色的。

此刻接触钢管椅子的屁股想起当时屁股下沙子柔软的触感。

——想起。

八田不禁为听得的自己语声吃了一惊。不知是醉酒的心中萦回的旅途记忆和风景不知不觉形成的声音，还是单单刚才听见的部分冲口而出。声音并没有在唯独祭坛上面有少许照明的黑暗大厅回荡开来就消失了。

海浪撤回时，连同水声沙啦沙啦发出沙石滚动般的声响。他一边注意不发出声音，一边将意识集中于臀部，再次想起沙滩的触感。

不是沙滩，而是石砾滩，不对？

若这么问，顿时陷入沉思。啊，还是沙滩。连同臀部记得的沙子厚墩墩的触感，八田如此断言。不过，听得的波涛声分明夹杂着小石子的声响。

不是石头发声。

哦？

是石头声。

唔。可我记得，是沙滩，千真万确。

那片海滩嘛，不是上游那样的岩石什么的，就是这样的小石子，像河滩似的，不是？

不不，那不是河，是海嘛！

可是，为什么，为什么到那种地方去了呢？

就是嘛，我也一直在考虑这点。

从名古屋往北爬上那里的？

不，不是名古屋，是北陆本线……

米原？

米原，米原。从米原沿着琵琶湖边……

看见琵琶湖什么的了吧？

看见了！

啊——看见、看见看见了，琵琶湖。

沿湖畔走了？

走了，走了。

叫什么来着？湖、湖、湖……湖西线？坐湖西线火车。

湖西线，是吧？坐的是。那是回程吧？不是去。

是不是呢？

是回程。若是从米原来的，应该从琵琶湖东面通过。因是琵琶西面，所以叫湖西线……

你这人，一向……八田口气变得厌倦起来，对地理啦路线啦什么的很细心。说罢，八田涌起一股亲切感。自己已经很久没有用这样的口气抱怨了。

不是细心，是精准。

去也好回也好，管它东还是西，岂不怎么都无所谓？比那更要紧的事都是有的嘛！

若是过去，八田这么说，肯定争论起来。可是不觉之间已经收敛下来，压下反唇相讥的冲动，避免争论不休。他一边这么想着，一边继续交谈。

地图那玩意儿，我一眼都没看。八田说，因为没有非去不可的地方。

我也一样。

旅行嘛。

嗯。

还是春天好。

春天？春天是好。不过夏天也不错。

唔。

秋天也蛮好的！

呃。

唔。

到底是沙子的，那边海滩。

沙子石子，不是都有的吗？

不，是沙子。记得很清楚。

是吗？我倒是听见随波滚动的石子声响来着……

哦？你说什么？

波浪打来又撤回的吧？所以石子滚动的嘛！沙啦沙啦的。

啊，波浪！你嘛，再大点儿声说好不好？

沙子上可能有石子……

哦？没听见。声音再大点儿！

啊，这么大足够了！

听不见的嘛，那么小。

像你那么大的声音，吵得要死，听不清说什么。吓人。

吵得要死？正好！我不在乎，不大不小。

声大！你耳朵聋。

不大！不大，也不聋。你说什么才听不清呢！

够烦人的啊！受不了，吓人。

吓什么人？什么吓人？

八田没以为自己说话果真那么大声，想到语声有可能大得不得了，心里一惊。大厅里空无一人，把握不好发声方式。总角之交再也不出声了。不知人家沉默不语，还是仍在说个不停而声音听不到了。

八田尽管是上来火气冲口而出，但思忖自己到底声音过大了。同时又觉得那声音不是自己发出的，而仅仅是听觉而已。同自己平时发出的语声相比究竟是怎样的程度呢？他想确认这点。于是趁无人之机，试图发出“啊”声，却怎么也发不出。不是不知道发声方式，而是发声那一瞬间，能用自己耳朵明确核实的音量不言自明。不错，简直就像在看表示通往陌生地方的距离和路线的地图。那固然值得怀疑，但另一方面，莫非真是值得自己那么怀疑的事情吗？然而，现在他很想很想珍惜这一疑惑，心情强烈得足以让自己吃惊。于是决定就这样不再发声好了。

去敦贺，是为了祝贺迁去那里的同班同学车田晴治四十过后成家有了孩子。但八田还无法想起这件事。车田几年前死了。因为远，没去参加葬礼，发唁电了事。不知年小十岁的太太如今怎么样了。既然八田现在想不起来，那么可能永远想不起来了。虽说如此也并不至于有谁因此为难。况且，就连到底为什么走去松原海滩，如今都已处于无从想起的状态。说不定果真没有任何来由和脉络，只是如幽灵一般两人单独走进那里，坐在海滩上倾听涛声。但愿如此。

11

团状寿司、海苔卷、色拉、腌菜、春卷、烧麦等等——知花打开从葬礼大厅带来的食物，整整摊满了美之房间的小矮脚桌。

每年一两次在盂兰盆节和正月跟父母来外祖父家时，美之总是躲去那里。即使在，也不从房里出来，不愿意和父母见面。

知花时不时同美之通电话这点，多惠和宪司都不知道。并非一无所知，但没想象到会那么频繁。兄妹每个月通一两次电话，就好像异地相恋的恋人那样深夜长谈。要想从中觅出危险的恋爱情感来，自是悉听尊便。不过若马上那样想入非非，痛快说来，那是一种卑劣。话虽那么说，但一般人的想象力都是卑劣的。放眼望去，世上统统卑劣。

自己和那种家伙不同——知花也好美之也好都不打算这么说。其中根本没有类似兄妹相恋那样的感情。知花想说的是，两人之间有一种远为复杂、不妨说是难以言喻的关系，那就像蜘蛛网一样美妙地舒展开来，并无意义可言。说到底，或者类似恋情也未可知。而那也无所谓。喜欢叫什么就叫什么好了——心里诚然这么想，而实际上知晓两人这种微妙关系的人，除了当事者一个也没有。尽管如此，却又不知如何向别人解释自己对于哥哥的这种莫名其妙的感情或距离感，解释不了！

跟家人去外祖父家时，只有知花随便出入哥哥所在的简易房。母亲也好父亲也好，不知是不是哪里怕美之，反正就是不想靠近他，简直就像敬而远之。对于哥哥和父母之间那种无法言说的复杂关系，知花理解不好。那也未尝不可认为类似恋爱。自己也到底是个卑劣的人。

卑劣，这是知花上小学六年级的班主任女老师岩岛老师的口头语。每当男生恶作剧口出污言秽语什么的，她就来一句卑劣。除此以外，关于岩岛几乎不记得什么。或者莫如说一下子无从记起。所以，对于知花的人生尽管眼下是重要度相当低的人，但已经在语言层面这么牢牢扎下根来。一说卑劣，语调就不由得变得旁若无人。岩岛老师这个怎么都无所谓却无视不得的小插曲，到底何时告诉何人合适呢？倒也不是说非告诉谁不可，可是正因其怎么都无所谓，故而若不告诉某个人，就又有可能被遗忘在自己记忆的彼岸而再也发掘不出——这一思绪使得岩岛老师被这个怎么都无所谓嵌住不放。自己也可能作为某人怎么都无所谓的记忆存在于某处，不久被忘到九霄云外。

知花想梳理以往美之搬来这里之前玩耍的小仓房记忆。可是，在她目睹如今贴上壁纸、铺了地板而由一个彻头彻尾的年轻男人单独生活的这间摇身变成普通宿舍的简易房中的情景当中，美之每天的生活自然浮现出来。安静的、没有沉淀的生活，没有奢华没有低俗没有焦躁没有懊悔。

小电冰箱、放有些许餐具的餐橱、笔记本电脑、衣柜，点缀着十张榻榻米大小的房间。吉他、电子琴、知花不明用途的音乐器材一股脑堆在房间一角。

美之从电冰箱取出一罐啤酒，又从电冰箱门上用磁铁固定的挂钩上挂的塑料袋里取出对掰方便筷。

你也吃？

吃。还有。说着，知花从裤子口袋里掏出易拉罐啤酒，放进矮脚桌上的食品空隙之间。

知花得知美之在互联网上发布自己制作的音源，不过是几星期前的事。美之在电话中告知的。一来因为在网上发布音源啦照片啦动漫什么的不是什么稀罕事，二来学校同学中也有搞这名堂的孩子，所以起始没感到多么惊讶。不过细想之下，哥哥以前好像从未这样做过成形的、尤其触及他人眼睛的东西。

知花甚至以不无朝圣的心情在动漫网页上战战兢兢地收看大约是哥哥制作的音源视频。不料标题只显示估计是投稿日期的数字，荧屏一片漆黑，什么也没出现。声音呢，似乎在河滩什么地方录制的水声哗哗响个不停，间或掺杂着想必是电子吉他声和似乎合成的电子琴声，以致知花全然摸不着头脑。不过这动漫浏览数意外过了几千，还有几则不知道是英语还是什么语写的评论。

至于这音源是出于怎样的情由被海外的人收听的，知花无从得知。仿佛以美之账号投稿的其他动漫，内容也无一不是大同小异莫名其妙的东西。然而哪一个都有数量意外之多的收听者，似乎表示欣赏的外国评论也有不少。看投稿的动漫，旧稿中也有几个标写的是几年前的日期——原来哥哥好几年前就在做这样的事。

但知花全然不认同也不能理解，后来几乎没再听美之的音源。而昨天夜里在家里的起居室一个人喝啤酒的时候，父亲的鼾声顺着走廊微微传来，墙壁发出一声不寻常的声音——想到那可能是今天去世的外祖父的什么，随即想起美之制作的莫名其妙的音乐来。

正喝的啤酒的味道，在舌头和口腔中。知花一边感觉伴随冰冷落入喉咙和肠胃舒展开去的啤酒，一边觉得今天、也就是外祖父去世当天夜里一个人喝啤酒那多少有些特殊的举动，可以用父亲的鼾声和刚才墙壁的不寻常的声响来解释了。于是知花用手机打开动漫网页找哥哥的音源。账号动漫画群中有个刚刚上传的。日期是今天，即外祖父忌日的日期成了标题。

知花又从电冰箱里取出一罐啤酒，靠在沙发上继续喝着听那音源。没有上次听的野外风声水声，估计是在安静的房间里录的，在那简易房里，知花想道。室外鸣叫的虫声隐隐传来。少顷，有个屏息敛气似的声音或无音的瞬间，继而响起低微的铃声。铃声颇长，渐渐减弱。今天没有吉他声和钢琴声，单单响起铃声，音源至此结束。

追悼之意？

这么想莫非真是昨夜的事？知花有些缺乏自信。所以如此，也是因为想起此事是此刻在哥哥房间看见同乐器放在一起的铃铛的缘故。

昨夜并没认为是铃铛，只是猜想是风铃或类似什么的声响，听得漫不经心。再说也醉了。

或者莫如说今天白天亲戚们聚在外祖父家时大家吵嚷灵前的铃铛没了。并非要在这里举行葬礼，没了也不碍事。但是，葬礼之日没了佛具，毕竟不是好事。也有人说那是故人因怀念先去世的伴侣而每天摇响的铃铛，便一起带去那个世界了。

没那回事，而是美之拿出来了。

美之一边喝啤酒，一边把矮脚桌上的食物接二连三投入口中。寿司芯料因为暴露在宴会厅的空气中，已经彻底干了。美之从电冰箱中取来日本酒，往小碟里倒入酱油和酒，把寿司的芯料在里边浸了浸，重新放回。

什么呀那是？绝招？

绝招！骗你，刚刚想到的，吃吃看！

……好吃，感觉上。总是这么细心？

哪里。

哎，灵前那个铃铛，大家都嚷嚷说不见了。

啊，那个……忘了。过后还回去。

从葬礼会场来这里路上，有座寺院吧？

有。

有大钟的吧？

有。

一会儿我去敲那里的大钟。

哦？

把音录下来。

喂——连同呼叫声响起了敲门声。院里响起很多人拥入的动静——堂表兄弟们好像从葬礼会场回来了。

12

春寿他们洗完澡回来时已经十点多了。

吊唁客人都回去了。美津子、吉美和多惠在供水室洗衣服。大厅里，凉太被放在被褥上躺着。换上运动衫的保雄一个人在他旁边喝威士忌。除凉太以外的孩子们由崇志领着分乘附近人的车回家去了。

为什么不领我去洗澡啊？保雄对一日出说。

料想你也去的，就找你，却哪里也没有。

在院子里了。

干什么来着？

看星星了。说着，保雄显出几分羞涩的神情。注视他的一日出也一起显得羞答答的。

春寿和胜行、宪司、一日出，还有保雄，都值班没睡。崇志说回家换好衣服再返回。女客们拾掇好后回去。

让凉太躺在这儿别动，动醒了怪可怜的。

丹尼尔也想留下，但在纱重的劝说下，一家三口再次上车赶去旅馆。

五人换掉丧服，把剩的东西移进盘子，在大厅一角的餐桌上摆上酒菜，又喝了起来。只是，春寿说早就困了，就从壁橱里拿出被褥，在凉太身旁铺好，马上隆隆打起鼾声。不多工夫，换上家常服的崇志敲了敲院子的玻璃窗进来。

什么呀，父亲已经睡了。

崇志，走路来的?

不是，奈奈绘姐开车送到那儿。

累了！崇志喝着一日出倒的啤酒，对宪司说他见了美之，好久没见了。几年没见了呢？说不定自从奶奶葬礼以来。

那家伙出来了?

出来了。和知花一起喝酒，在那简易房里。

和知花？那家伙先回去了?

没有房主的房子怎么处理，这是亲戚间往下必须商量的问题。故人也将入葬的家族墓位于房子附近的寺院。房子处理之事也是墓的管理与守护之事。除了住在相距走路十分钟左右的保雄，兄弟们都远离这里。由保雄入住继承是最为自然的，估计兄弟们谁也不会反对，这已成为默契。但是，那里有作为莫名其妙的存在住在简易房里的美之。

我认为眼下让美之住着也没关系，春寿从被窝里起身说道。

醒着呢？

往后嘛，保雄搬进来也可以，拆了也可以。

美之和知花都出来了，崇志对宪司说。堂表兄弟们在房子起居室里喝了起来。纱重和丹尼尔倒是回旅馆了。

那帮家伙，还没成年就喝酒！

问美之来不来这里，美之拒绝了。

来了也要参加葬礼吧？奇怪的家伙！

这个那个对不起啊！宪司说道，总好像事不关己似的。作为宪司，说心里话，觉得这种渐渐拉开的仿佛事不关己的距离感，才恰恰适用于父母两人同美之之间。房子啦、孩子成长啦、结婚啦、孙子啦、工作啦、起薪啦、孝心啦，这类亲子间的事项，并非使亲子成为亲子，而是使之形同路人，全然不像亲子——尽管如此，父母两人和美之、和他妹妹知花的关系，又的的确确是父母和儿女、是个别的亲子关系。既然这样，现在形成的这种奇妙的关联性作为个别的亲子果真是值得那么长吁短叹的吗？儿子无所事事地一连好几年在外祖父家度日，大家期待自己为此吁叹。而自己有时相应地长吁短叹，也有时觉得如释重负。而现在宪司心想那一切都不过是滑稽剧罢了。

哎呀，春寿在褥子上开口了，你想的什么我不知道。可另一方面，由于美之的关系，父亲的晚年成了好时光哟！

噢，果不其然！

两人在那个家里做什么，诚然一无所知，但我想父亲是高兴的。儿子们口中的故人的人格，和孙子眼中的会不会觉得有所不同？哦？一日出对以如此表情听着的崇志说道：冷淡、脑袋不开窍、不在乎别人。可是，也有一个人孤单单什么也做不成这个情况。和谁在一起了，就能发发牢骚，或者闷声不响。

添麻烦的父亲啊！说痛快些。

啊！一日出欠了欠身子。火！

啊、啊——大家齐声叫着，从大厅啪嗒啪嗒拖着拖鞋走进走廊，朝大堂走去。

穿过昏暗的大堂走到亮着灯的祭坛跟前，香火的火已经灭了，全部化为灰烬。白色灰烬微微留有细细的轮廓。细看之下，灰的颜色有黄色、青色甚至可以看出些微红色。

谁在这里吸烟来着。春寿看着灰说。

对不起啊，父亲！说罢，一日出点燃新香插上。

13

故人晚年不喝酒，房间电冰箱里别说烧酒饮料，连啤酒都没有。但厨房里有几瓶一升装的日本酒——什么时候有的不清楚——英太说要喝。知花喝的是从简易房拿来的易拉罐啤酒。

英太往玻璃杯里满满倒了一杯日本酒，咕嘟咕嘟喝个不停，已经醉到了一定程度。

醉得太快，结果吐了。英太妹妹阳子见了，心想活该！不过，堂表兄弟之间开始达成共识：就让乘兴猛喝的英太喝去好了，不管他！

阳子和森夜、海朝三人把从葬礼会场带来的果汁、乌龙茶倒在杯子里喝着。浩辉在这里边多少显得有些难受。醉倒在会场的弟弟凉太不在这里，浩辉就和海朝年龄最小了。

除了浩辉，其余所有人都是堂表兄弟。浩辉的父亲宽和他们是堂表兄弟，而宽已经“蒸发”了。想必给他们和他们的父母带来种种麻烦。不过，是堂表兄弟或者不是，对于除浩辉以外的人来说并没有多么在意。相比之下，年龄相近形成的亲近感或年龄拉大造成的距离感更要嵌入轻松谈笑之际的姿态当中。而浩辉呢，无论同年龄相近的海朝还是同森夜、阳子都不怎么说话，或是默默捅一下一个劲儿喝日本酒的英太的肚子嬉皮笑脸，或来到美之身边突如其来地问可出过荨麻疹？

没、没有。

一次也？

不清楚，出过也说不定。

我，近来出来着。

荨麻疹？

嗯。痒得要命，还肿了。

起居室共有七个人。除了自己，不是高中生就是初中生，美之再次想道。因为都身穿校服，所以怎么说呢，看上去都非常直白纯粹，只有在T恤外披着防寒外套、穿一条牛仔裤的美之一个人显得格格不入——毕竟唯独自己年龄上有距离，不同也是理所当然。

美之起身朝厨房走去。浩辉跟上来问干什么？

水。

吃的，可有什么？

呃，那边的箱子里有薄饼干，拿过去可好？

好！浩辉打开厨房角落一个斗罐的盖子，捧起柿仁果薄饼干走去起居室。说吃这些可以的！起居室传来浩辉告诉大家的语声，语速很快而且透出羞赧意味——看来到底有些生分啊！浩辉很快折回美之所在的厨房。而喝完杯中水的美之扔下浩辉返回起居室，把水放在英太面前。

要多少喝点水才行！说着，美之暗暗吃惊：自己为什么会这么自然地跟他们说话和关心他们呢？虽说记忆不够清晰，但此刻在这里的人当中，记忆中明确见过的只有妹妹知花。至于其他堂表兄弟和浩辉，何时见过谁和谁、和谁是第一次见面，根本想不起来。当然，是堂表兄弟这点及其姓名、还有作为他们的父母的姨舅大体有所了解。不过老实说来，究竟哪个是哪个，也可能弄错姓名、长相和属性。但不管怎样，自己现在置身于此，而且顺利地与之打成一片，美之为此觉得不可思议。

单单自己一人年龄大，必须做出大人样子——莫非因为身处这一状况不成？刚刚失去外祖父那一共通点，想必也起了作用。

知花是在简易房里喝啤酒的，数起来已经喝完第三罐了。估计守夜之后也喝了，所以实际喝得更多。她本来说不太喜欢啤酒，却喝得这么厉害。怎么回事呢？

美之用和英太的水一起拿来的加冰玻璃杯喝着从自己房间拿来的“泡盛”烧酒。

这些家伙是学生，还没有自己做工挣钱。在这点上，自己无需感到愧疚，因而才能如此表现得不卑不亢像年长之人那样？或许也可以这样认为。不过这并不意味自己在日常性做工挣钱的人面前产生多少自卑感，也不意味自己对经济上靠外祖父存款和退休金生活的现状产生多么大的内疚和危机感。总的说来，关于不做工也好歹能如此度日这点，怎样才能顺理成章地加以肯定呢？或者能够相对加以肯定又是因为什么呢？自己每天都就此考虑。好像从初中不上学时开始一直考虑到现在——这才如梦初醒。

即使有些懒得出门见人，那也并不意味着自卑、自闭或者对什么执迷不悟。莫如说相反，泰然自若地外出购物，做某种考究的菜肴和外祖父一起食用。之所以说听得那些自己不知在考虑什么，是因为自己什么都不愿意考虑。那些家伙，宁愿盼望哥哥是个在报纸和电视新闻上看到的典型的宅男——知花刚才在简易房一起喝酒时说道。说得好，好妹妹！

啊，我喝醉了！说着，知花理了理盘腿坐后的裙子，从裙袋掏出易拉罐啤酒，砰一声放在矮脚桌上。可这不是我自己想出来的，在电视上看见有人那么说来着。那时我正和妈妈争吵。因了什么争吵忘了，所以当母亲叫我干这个干那个的时候，我问为什么，母亲说出的尽是完全莫名其妙的、怪怪的或者根本理解不了的理由。而且不是专门说我，怎么说来着，说是社会上？社会上的？社会上的常识？等等等等。因为相信那种东西才说的。明白？那玩意儿，真是无聊、臭不可闻！

说法倒是够粗野的。

臭不可闻！

不过，父母这种人，基本都那个德行。我没当过，倒是不明白。人世上，或者说世界上哪里都臭不可闻。不光是父母，统统臭不可闻。让我借着你的粗野说一句好了：人世九成九都臭不可闻！

哦，那么多？

就那么多！

活着够烦的了。说着，知花用一次性筷子敲了下铃，又打开一罐啤酒。

因为只能在这个世上活着，所以父母也变得臭不可闻。

外祖父也是那样的？

是的，肯定。

哥哥你可清楚记得外祖母？

记得。死的时候，我上初中了。

我记得不清楚，知花说，后来觉察外祖母死的时候同你拒绝上学的时候在同一时期。慈祥?

外祖母葬礼上，宽君酩酊大醉，闹得昏天黑地。那时宽君二十刚过吧，就已酒精中毒了，葬礼没开始就醉得一塌糊涂，守夜正当中呱呱一吐再吐。结果和春寿舅父大吵一架，被赶了出去，就那样去了哪里。

太差劲了啊，宽!

第二天举行告别仪式，去火葬场。想不到宽君又来了，这回哇哇大哭，朝春寿伯伯和祖父下跪道歉，央求让他也捡遗骨，开始哭着回忆祖母。

对于祖父母来说，宽是第一个孙子，祖母尤其疼爱他，常去浦和的春寿家，每到周末就把宽叫到自己家来，领他上山和去河边。即使对于双双上班的春寿和美津子，一有什么事就能求祖母照看宽这点也求之不得。宽四岁那年夏天，美津子要生崇志，宽在祖父母家住了两个星期。那时祖父母仍种着如今已卖给别人的地，白天一起去地里玩，夜晚和祖母一起睡在蚊帐里。

一连离开父母好几天，宽开始觉得孤单，一天晚上抽泣起来。他才四岁，关于那年夏天的记忆不大真切，只以零零碎碎的场景和印象留在脑海里。其中之一，是在被窝中安慰抽抽搭搭的自己的祖母的手。宽那时第一次得知除了自己和自己的父母，还可能有人和自己同样担忧、同样考虑各种各样的事。记忆中，祖母在抽泣的宽的身旁一起躺着，一副为难的样子，时而抚摸宽的肩膀和脊背，时而搂在怀里。宽虽然没有停止哭泣，但从手势和动作得知祖母感到困惑和怜爱自己，得知祖母怀有自己从未感觉到的孤寂和想哭的心情。不，很可能不是得知，而是认定。很难说清祖母当时的神情是怎样的神情。既不像悲伤又不像心疼、不像痛苦。时至如今，甚至觉得那像是欣喜。

宽和理惠子结婚是在祖母去世那年的春天。站在火葬场入口的理惠子看见宽哭着来到火葬场讲述自己同祖母之间的记忆。理惠子没来参加昨晚的守夜。身体不舒服，躺在家里没动。那是她本人也没觉察到的怀孕造成的不适症状。即使后来、即使浩辉出生以来，也没人想到那时的理惠子身体欠佳是怀孕造成的。

两人是在大学相识的同学。理惠子大学一毕业，宽和理惠子不顾双方父母的反对，或者莫如说以近乎私奔的形式登记结婚，婚礼也没举行，同所有亲戚都疏远了，被视为两个古怪的家伙。所以大家都说宽在祖母的葬礼上不露面也算不得什么，估计压根儿就没心思来。媳妇也不是会出席葬礼的媳妇。情况肯定是这个样子的。然而那是怀孕不适症。只要从浩辉出生日期往回算，情况就可想而知。可是谁都没那样想。时至如今，已无法觉察了。谁都不会就理惠子——同宽离婚后不知人在哪里的理惠子考虑到那个地步。但那是怀孕不适造成的。葬礼是九月，浩辉出生是五月，时期上吻合。就是说，去世的祖母大约差八个月没赶上重孙的诞生。既然那天出现在火葬场的理惠子的肚子里有了浩辉，那么就等于勉强处于同一场合。一方在肚子里，另一方身体正被焚烧。认为终归未能相见好？或者相反，认为可能在离开这个人世的某处紧紧相接？没有任何根据。即使平时并不具有那样的世界观，也还是不能不倾向于后者的想象。就算受到轻率、轻薄之讥，也还是不由得认为存在脱生、转生那样的情形。

因留级而未能和理惠子同时毕业的宽中途退学结婚，开始在位于目白的一家制造办公用品的小厂工作。但渐渐变得老是旷工。原本学习也不怎么专心，上大学之前一直游游逛逛。现在突然走上社会，不习惯的工作带来的压力和不安使得他借酒逃避，几乎没有清醒的时候。清醒了就有不安袭来，于是又喝。不久家里有电话打进来，原来宽打了个电话告诉工厂辞职不干了。和理惠子两人打短工勉强维持生计，但还是戒不了酒。祖母去世正是那个时候，扔下因怀孕不适而卧床在家的理惠子，从板桥的宿舍乘东武东上线赶往祖父母家所在的镇。

时值晚夏平日午间，下行电气列车内乘客不多。过了一会儿，车厢里的人已屈指可数了。明亮的车厢内，身穿丧服的宽眼望外面仿佛很热的晴空下的景致。驶过稻田连片的地带，进入山中。宽从包里取出软包装酒喝了起来。车至桥头，窗外风景由郁郁葱葱的树林一下子变成眼下坦坦荡荡的荒川。车很快驶过河面，窗外再次换成由高台俯视的沿线风景。

小时候从浦和祖父母家总是坐小汽车往返，记忆中不曾这样坐电气列车去祖父母家。但不知是因为刚才的河滩所见，还是截然有别的风景记忆，反正觉得车过河面时的风景似曾相识。感觉上也好像从儿时仰望的景色一侧俯视过去自己所在的场所。宽又拿出一瓶酒喝光了。

刚才河面出现的一瞬间，感觉心情豁然开朗，不安和担忧不翼而飞。他又往窗外望去，期盼河面再次出现。而若再次看见，他就要绝对不忘那一瞬间的心情，戒酒，好好生活，做工，让家庭幸福。宽一边想着，一面继续眼望窗外。可是，过河只那一次，不久列车到达目的地。

他懒得走路，搭出租车赶到祖父家，看见躺着的祖母鼻子耳朵塞了棉花，闭目合眼，肤色像木头似的。来了很多的亲戚们尽管觉察久违的宽醉醺醺的，但还是打招呼说身体还好，过得不错吧？

守夜开始之前，大家都忙忙活活的，自己却无事可干。在祖母躺着的房间喝酒的祖父走了过来，道声累了，就隔着祖母坐在宽的对面。

祖父穿一件半袖衫，把仍留有干农活时的肌肉块儿的皱皱巴巴的胳膊搭在盘腿坐着的双膝上。过去时常看见的祖父那晒黑的胳膊和当教员的父亲的截然不同，给了他很深的印象。带烟了吗？祖父对宽说。

宽从胸袋掏出“七星”，连同打火机递了过去。祖父点燃吸了起来。

近来已经戒一段时间了……

宽没有应声。醉了，思绪渐渐不清晰起来。失去长年伴侣的祖父面对着祖母遗体在想什么呢？宽本想考虑这点，而思绪却摇摇摆摆，杂乱无章。

因此，作为当时的所思所想如今浮上脑海的记忆，并非当时的思考，而是后来回想当时所思考的。所谓后来是什么时候呢？那天夜晚守夜前他仍然喝酒，结果念经当中大吐特吐，被大怒的父亲赶出会场，只好坐电气列车回家。躺着的理惠子为他担心，他心里觉得不堪，于是又在家里喝了起来。次日再次坐电气列车——这回和理惠子一起——过了荒川，去火葬场向祖父和父亲道歉，请求让自己拾遗骨。八个月后理惠子生下浩辉，翌年又生了凉太。宽好歹从酗酒生活中挣脱出来，找到工作，两人开始一起散步——所谓后来，应该是在那以后。

不知从何时开始，宽觉得自己一直带着怀念去世祖母的悲痛生活。

祖父一边吸烟一边说的话，宽依然记得。但另一方面，那又只是声音。细想之下，很难认为那样的话是祖父对自己说的，根本不像。所以，对于自己认为的祖父当时的思考,没准是以祖父的声音记忆的。这样，那个声音——即使不仅仅是声音——为自己的人生想必带来了欢快、喜悦、心情豁然开朗的瞬间。予以回应的声音，莫非也是对祖父无音之声的无音回声?

宽让浩辉和凉太并排躺在一起，约定下星期日带他们去哪里。孩子们高兴得撒欢儿，却又叫他写下保证书，因为这以前不知失约多少次了。

宽拿起笔，在适当的纸条上写道某月某日去动物园。然后署名服部宽，递给浩辉。浩辉小心叠好，从那天开始天天带在身上。到了晚上就取出来给宽看：没忘吧?

没忘!

浩辉和凉太听了，喜不自胜地叠起纸条，慎重地藏在装有两人宝贵东西的钱包里。浩辉的嘴角是怎样的？在身旁看着的凉太那跃跃欲试的身影是怎样的？看不出任何担忧任何不安。根本不会想象几天后宽恶作剧把那纸条撕毁扔掉。他们前面只有快乐。

面对比自己还弱的人，自己必须表现得如同强者，不能一起变弱。如果自己也同样软弱愚钝，就很可能差不多和你们一个样，甚至说不定比你们还要一逃了之，因而变得更弱。但是，不知出逃的你们势必把逃出来虚张声势的我当作强者依赖，所以我也必须像强者一样耀武扬威。问题是我根本没有足以值得你们依赖的东西。

宽这么想的时候，不由得记起抚慰在蚊帐中哭泣的自己的祖母的手。

但宽的记忆已经模糊了。因弟弟出生而远来这里、夜晚开始在被窝中抽泣那天在身旁抚慰自己的，不是祖母，而应是祖父。

面对庭院的和式客房挂着蚊帐，点着蚊香。那种睡法也只到那时为止。关掉电灯，漆黑一片。即使打开夜灯，仅靠这个宽也还是怕，祖父就从哪里拿来读书灯放在枕边。祖父隔着蚊帐抚摸在泛白的枕边哭得上气不接下气的宽的脑袋。一如宽记忆中的，祖父看上去也一副困惑的样子。

祖父祖母有五个孩子，夫妇的神情始终差不多，所以哄哭泣的孙子入睡并不至于困惑、狼狈到那个程度。想必记起了过去哄春寿和吉美睡觉时的虚饰和掩盖不住的软弱才显出那副神情。

夫妇之间也是那样。

是啊！

你一个人活不下去。我嘛，孩子还有一个，一起生活。

是的吧！

我一定要成为你的依靠。本来没那么坚强，但这么一想，就觉得自己好像能慢慢变得可以让人依靠，变得坚强起来。

那不是蛮好的吗？足够了！

反正相安无事就好……

是啊是啊！

人，总有一死。

那奈何不得，谁都要死。

我们倒是没有经验，不过孩子先离去，想必是很难受的。

实话！

我们五个孩子都平平安安长大，再没有比这更难得的了。

的确。

可是夫妇这东西，必有一方先死。

是啊，虽说奈何不得。

够人受的。

不过，只能想开些豁达些。一起过了那么多欢乐时光，最后剩下一个是有点儿寂寞，但也就那样了。

乱说！哪里会那么无所谓！

是吗？

我看要严重得多！

对不起啊！

说到这里，祖父像生气时常常表现出的那样，嗵嗵嗵踩响走廊，拿过上衣和帽子，说出去一下，随即走出门去。

从昏暗的院子走上房门前面的路，穿过田间朝火车站走去。外出穿的网球鞋，每走一步都啾啾作响，声音在夜幕下的路上回荡开来。虫声四起，河水在远处潺潺有声。几天前下了雨，水量还很大。今夜是个晴天，星星出来了。

途中路过八田家，但今天就不找他了。走着走着，路开始同铁路并行。隐约看得见铁路旁边的菜田。秋夜的空气不冷不热，披一件薄外衣感觉正好。他想到即将面对的冬天和冬天应做的事。年年周而复始，而又年年略有不同。去年、前年和大前年，天气、土地和农作物的情况，哪个都不一样，却又分不出哪个是哪一年的——八田这样说道。对于农家来说，重要的不是搞清楚那是几年前的事，而是今年的天气和禾苗长势同迄今哪个时候相比如何、怎样才能使得今年丰收。田里的农作物不会上年纪。收完今年的粮食，来年还有新的。其间有断裂。人不是那样，每年都长一岁。去年的事和前年的事若弄反了，就会在哪里对不上号。

走进站前的酒馆，八田已经来了。

原来已经来了！说着，并坐在台前。

八田笑了笑，对吧台里面的妈妈桑[①]说：我像是不来为好的人啊！

妈妈桑把酒瓶和冰放在台上，调制加冰兑水威士忌。转而对八田说：和阿慕吵嘴了吧？一看脸就知道。

吧台角落有一对时常在这里见到的估计是上班族的客人。

这里、这里啊！八田指着自己的额头说。平时有两条皱纹，和阿慕吵嘴的时候，就成了一行行稿纸。喏，瞧，是的吧？

啰嗦！对八田说罢，啜了一口老板娘调好的加冰兑水威士忌。妈妈桑，唱一首！他唐突地说道。好好，就唱平时唱的？妈妈桑连声答应。

到底吵嘴了吧？八田说。妈妈桑开始准备卡拉OK。

不是吵嘴。

是什么？

---

① 妈妈桑：ママさん，酒吧的老板娘兼招待员。

不是那么轻的问题。

半斤八两吧？和吵嘴比。

住嘴！听！

卡拉OK响起后，妈妈桑把照明换成彩色，转动电视屏上的多棱灯、圆球灯。然后站在吧台里，手拿麦克风以一本正经的表情定定盯视屏幕，等候开唱。

妈妈桑不是本地人。即使常客，也没人知道她是哪里出身。在站前开的这家小酒吧，十多年下来，彻底成了镇上必不可少的场所。妈妈桑虽然心直口快，但不会过度介入客人的私生活。这样的性格和可心的手工下酒菜自不用说，让人很难认为普通一般的歌声也是支撑酒吧人气的关键因素。有传闻说她原本是唱片歌手。果不其然。

若是不能和你相逢

我如今在做什么

会不会爱上一个普通人

打发普普通通的人生

把身体交给时间的河流

任凭染上你的颜色

就连这只有一次的人生

抛弃也在所不惜

所以求你求求你

把我留在你的身边

现在我只能爱你一个

14

唱完歌的美之放下吉他，堂表兄弟还有浩辉，满脸仍是一副听歌时的神色，等待谁说什么。

本应美之说点什么，但唱完歌的美之耳朵和脸都红了——红得令人不忍——一副僵挺的表情。

唆使哥哥特意从简易房拿来吉他唱歌的知花，关掉同样从简易房拿来的录音器材，摘下耳机，喝了口啤酒。录下来了，大概。她说，很好听啊，哥！

厕所传来英太嗝嗝吐的声音。

够脏的了！说着，美之喝了一口“泡盛”，样子多少镇静下来，但仍低着头，避免堂表兄弟们看见。

刚才的是谁的歌？阳子问美之。

美空云雀吧？知花从旁插嘴。美之说：不对，是邓丽君。这回总算扬起脸来看知花。

把身体交给时间的河流。

不对，听这歌词，是美空云雀。

邓丽君？

知花也不知道。比知花小的阳子、海朝和浩辉也不知道吧？在厕所里吐的英太也不知道吧？

像是外祖母喜欢的歌！结果外祖父也喜欢上了。这么说着，美之眼望箱子上放的灵位。

堂表兄弟们也追逐他的视线，注视祖母或外祖母的头像。

好，去一下寺院。知花起身往门口走去。浩辉尾随其后。一起去？

去。

去吧！阳子你们不也去？

阳子、森夜和海朝也起身跟去。不怕的？我也去吧！美之说。知花指着录音机，哥哥你在这儿录音好了！响响亮亮的，这里都能听见。

算了吧，都这么晚了！

能祈冥福的。

不可能。

自己都摇过铃了!

听知花这么说，美之默然。

别那么小声，反正是录，当——一会儿见！可要录好的哟！还有，照看好那家伙，别让他死了！知花指着英太在的厕所说。

身穿校服的五个人从门厅走到黑魆魆的院子。回头一看，原来里面起居室中的美之正隔着门厅玻璃门看着这边。离开房前的路，知花打头走了起来。后面的四人默默跟着。知花的脚步多少有些踉跄。本人也知道自己醉得不轻，但秋夜的空气让她心旷神怡，觉得酒醒了不少。从未喝得这么多，也从未这么醉过。原来醉是这样一种感觉。醒酒的感觉就像是皮肤和脑袋这么被凉凉的空气降温似的。趁机硬要美之唱歌带来的暗暗的后悔和动摇也在夜风中逐渐平复下去。明天也是忌日假期，不上学也可以。但从后天又要去学校，讨厌上课。期中考试快到了，出路也要考虑才行。暗暗寄以希望的常去的美容院那位美容师有可能需要我。不过今晚心情真是痛快。烦心事明天再说，现在不必考虑。外祖父去世而自己心情这么开朗固然奇怪，但若说悲伤当中没有开心没有快乐也是谎言。原因不得而知，反正现在心旷神怡。

从树林横头穿过,又走过三叉（改为“岔”）路口，开始沿坡路下行。

啊，猫！发现凉亭桌子上弓成一团的黑猫，浩辉喊道。黑暗中身子轮廓看不清楚，只见眼睛闪着绿光对着这边。

大家停住脚步看那黑猫。正看着，又有一只三毛猫从凉亭墙后出现了。喵——叫了一声。结果，一路相隔的树丛里又跑出一只来，绕到凉亭后面。桌子上的黑猫反应很快，一跃而下，转到桌脚内侧，警惕地看着这边。与此同时，一只黑白相间的猫不知从哪里跳上桌面，取而代之。

森夜缓步朝凉亭走去，在凉亭跟前蹲下，喵喵学猫叫。

知花也好阳子也好浩辉也好，无不心里一惊。海朝说哥哥逗猫是拿手好戏。随即从裙子口袋掏出从家里带来的奇卡玛[1],剥掉塑料包装,蹑手蹑脚靠近森夜,

---

① 奇卡玛：チーカマ。一种往筒状鱼糕中塞入奶酪所做的零食。

把奇卡玛递了过去。森夜头也没回背手接过。也没往手上看，依然对着猫们那边，把奇卡玛托在手心给猫们看，同时又学一声猫叫，喵——

窥看眼前情形的知花他们身边又有一只猫——这回是发亮的褐色猫——豁然蹿了出来，阳子不由得哎呀一声高叫，几只猫应声逃之夭夭。有的怎么逃的都没看清就不知去了哪里，也有的较为沉着冷静。最先瞧见的黑猫偷偷摸摸地接近森夜手心上的奇卡玛，一伸舌头吞了进去。

哗哗——同美之录的音同样的水流声不知何时低低传了过来。知花这才意识到走错了去寺院的路，而往河这边走来。她从裙子口袋里取出易拉罐啤酒，拉开喝了一口。

给太多不好，森夜说。他摸了摸黑猫脑袋，没再给奇卡玛，起身朝在凉亭墙角和桌子上盯视森夜行为的猫们轻轻挥了下手。然后自行打头走下弯拐的坡路。不久，一行人来到河滩。

或许不该去寺院，这是无论谁都略有所觉的事。住在同一地段的阳子一出门就觉察知花走的方向同寺院相反。况且这么晚擅自去寺里撞钟，这样的人就算走错了方向，也全然不知道是不是该加以提醒。

从坡路上见到的河滩，同河面和荒草相比，看上去多少光亮一些。但实际上形形色色的大石头横躺竖卧，在上面每走一步都不可粗心大意。而知花已经醉了。河滩上一个人也没有。用手机确认时间，马上就到十二点。

走到水边面对流水，得以确认的确是河。手闲着难受，就往河里扔石子，扔罢喝啤酒。阳子指着河对面的建筑物说是情爱旅馆。不过到底没了刚才还意气风发的劲头儿。知花开始感觉出责任：深更半夜把年龄比自己小的堂表兄弟姐妹强拉硬拽出来，自己又醉成这个样子，于是心情多少有些怏怏不快。

浩辉走到河边近水的地方，手浸在水中。水流舒缓，水声刚一觉察就好像远离意识而去，再无所闻。

知花一边哼唱全然不记得的莫名其妙的歌，一边脱下鞋，拉掉袜子，走过浩辉身旁，伸脚踩进水里。把身体交给时——间的河——流，骑在——你的——上面。和刚才美之唱的完全不同，旋律不同，歌词也不同。尽管声音沙哑，但还是自暴自弃地唱个没完。过了一会儿，像是喘不过气了，不再哼唱，一屁股坐在水里。啊——不好受，醉啦！

知花，不要紧？

紧接着，知花把身体向后放倒，躺在水中。水浅，只是脑袋和身体的一半浸在水里。浩辉担心她被水冲走，握住知花左手。知花回握浩辉的手：啊——好舒服——随着一声傻叫，闭起眼睛。

哦？阳子往大家刚才走来的方向看去。远处传来久久回荡的钟声。

15

最后一班列车早已过去了。车站和月台都已减弱照明，一片昏暗。车站周边的商店也好住宅也好，都很少有透出灯光的建筑物。山村田野原本就像是黑夜本身一样黑暗，或者说看上去一片黑暗。

其间由疏疏落落的街灯显示的路拐来拐去，仿佛随时可能消失的细线，或者连接着现在安然入睡的人家和人家扎进夜幕之中，或者伴随明亮的橙黄色街灯抵达北面直线推进的国道。

唯有这条国道上时有卡车疾驰而去，让人觉察这座缺乏动感的小镇夜景并非时间停顿的静物画。而当南面广阔田野之间的小路上车灯闪亮时，反倒让人陷入错觉，觉得那超越时间和空间的物体仿佛出现在夜空中。不过，在如此只注视地表当中忽略了的夜空，未尝没有某种不可思议的物体交叉飞行。纵使无论怎么凝眸细看也看不见田野树林的黑暗之中，也未必就什么也没有。北面明晃晃宽大的街道和将那一大片田野树林隔开的弯弯曲曲的河流、河滩，此刻也在伸手不见五指的黑暗中有一伙少男少女聚集在其中一角，其中一人把身体浸在河里——倘不知情，笃定浑然不觉。

离河没有多远的田地里的一户人家仍然亮着灯，屋内透出的荧光灯的白光隐约照着沙土院子。

面对院子的檐廊里，盘腿坐在器材跟前的美之头戴耳机，刚刚成功录完寺院传来的钟声。连同院子里此起彼伏的秋虫鸣声、远处路面疾驰而去的车声，一旦成为声音，绵绵回荡开去的钟声便在不明出处的微弱触击之后录制下来。

或许因为一吐而空的关系，表情意外爽然的英太折了回来。干什么呢？从美之身后问道。这声音也被录下。

从田间小路向那座房子移动的小小的手电筒光，是从会场步行回家的美津子、吉美和多惠。

三人都注意到了钟声，但起始没觉得多么奇怪。少顷，吉美说道：哎，为什么这个时间钟响？

这一来，美津子也好多惠也好，都不停地嘀咕哎呀呀好怕好怕，恐怖感随之变本加厉。好怕好怕好怕！一边叫着一边拔腿往家里跑。

吉美手里的一个塑料袋掉了，袋里装的寿司散落在路上。这也顾不得了，三人只管在夜路上奔跑不止。钟声又响了一次。

哎呀呀，好怕好怕好怕！

猫随后过来吃散落的寿司。

留在会场喝酒的男人们因为只顾说话，没太注意钟声。及至第二次响起时，一日出低声说好像寺院的钟声响了。胜行、宪司和崇志于是不再闲聊，侧耳倾听外面的声响。

真的！

谁？这样的时间？

爷爷？

哈哈哈。

春寿和凉太并排睡了，没觉察钟声。

奈奈绘也没听见钟声。奈奈绘把崇志送到会场后本想直接回自己家,但忽然心有所觉,便开车上了国道,想兜一会儿风再回去。路上几乎没有车，她稍微猛开了一阵子。

车内FM广播淌出有名的老歌。只有演奏还好，曲和歌词都一塌糊涂。噢——她在车内叫着摇头晃脑。主持人介绍说这首歌是一九七九年走红的歌曲。奈奈绘心想正是自己出生那年。也是今天没来参加葬礼的宽出生那年。

不曾和宽正经说过话。最后一次见他是在婆婆的葬礼上。那时自己和一日出结婚不久，刚刚生完森夜。从一日出口中听说有个有意思的侄子，和你同年。所谓有意思，听起来也可理解为时不时惹麻烦。

归终未能结成像样的关系，有意思也好惹麻烦也好，至今都从不知晓。不过宽在火葬场下跪哭泣最后拾遗骨放进骨灰罐的样子则未能忘记。那时一起来的理惠子，肯定也再未见过，至死都不会再次见到。

理惠子没有拾骨，拾也可以的，应该不会有谁拒绝或制止。但她也并不是客气——不，客气也说不定——是身体不舒服。那时她应该正怀着浩辉，时间上即使有妊娠不适症也不奇怪。看她站在火葬场入口的样子以及后来在亲戚们一边吃喝一边等待遗体化为骨灰的角落想要喝茶而又犹豫不决的样子，估计是怀孕了。这点记得很清楚，但自己不可能把这并不确定的事情讲给别人，也没那个心绪。毕竟第一次见面，也不能随便搭话，自己正在照料刚生下不久的森夜，忙得脱不开身。

没想到那次成了最后。如今想来，搭话说两句就好了。同样嫁到这户人家，在这点上，立场彼此彼此。

然而十几年后的今天，居然在葬礼之夜一边开快车一边就此思来想去。宽也好理惠子也好，两人在哪里做什么呢？就算有种种苦衷，而作为两个孩子的父母，也不能双双扔开不管。这点完全不能同情。可是，关键不是什么自己能不能同情。无论对于作为父母的宽和理惠子，还是对作为孩子的浩辉、凉太，我的同情多寡根本无所谓。

快速奔跑的车，早已跑出镇子，正在顺着山谷地形拐来拐去的国道上风驰电掣。前车窗外面一片黑暗，前面一无所见的夜色在奈奈绘视野里接连不断。撕裂夜色的街灯以一定间隔现而复失，只有车灯勉强持续照着前面的路和路面。

接下去也是一九七九年的上榜歌曲。

莫名其妙的诱人语句再次摇晃奈奈绘的腰肢。同样的视野以听得见的声音伴随着节奏成为一幅流动的画。今夜我要火热的男人，谁都无所谓，只要是火热的男人。唐娜·萨玛煽情的歌声和依然没有深度的单纯的歌词无休无止。

标写今天日期的音源，很快上了互联网。美之弹唱的邓丽君代表性歌曲几次连同谜一样的钟声回荡开来。中间有英太语声进来：干什么呢？即使在远处国道上朝群马方向一路奔驰的奈奈绘的车声，细听之下，也被清楚地录了下来。